오늘이
내 인생의
봄날입니다

오늘이
내 인생의
봄날입니다

16명의 우리 할머니
충청남도교육청평생교육원

리더스원

추천사

이 책에는 우리네 어머니의 삶이 담겨 있습니다.

어머니는 남편과 자식을 위해 세월을 보내고,

퍽퍽한 세상살이에 고단한 마음 하나 가누지 못하고 살았습니다.

그러면서 배우지 못한 한은 겹겹이 쌓여만 갔습니다.

끝없는 현실에 부딪히며 고개를 들 겨를도 없던 어머니는

세월이 지나 인생의 황혼기에 들어서고 나서야

배움이라는 시간을 마주했고,

배움은 어르신을 새로운 세상으로 이끌었습니다.

수줍고 떨리는 마음으로 찾아간 충남교육청평생교육원에서

글자를 배우고, 그림도 그리며

생애 처음으로 온전히 자신을 위해 시간을 보내고 있습니다.

투박하기만 했던 삶,

칠십이 다 돼서야 깨친 글자에 배움의 기쁨은 더욱 커졌습니다.

그리운 친구 이야기, 가족 이야기, 공부하면서 달라진 인생 이야기가

성실하게 살아온 어르신들의 삶을 고스란히 말해 줍니다.

더욱 뜻깊은 점은 우리 학생들이 어르신들의 이야기를 멋진 그림으로

생생하게 만들었다는 것입니다.

세대와 세대가 이어지고 소통하고 공감하며,

학생과 충남도민 모두가 행복한 세상,

충남교육청이 꿈꾸는 사회입니다.

이 책을 통해 그 꿈에 조금 더 가까워졌으면 좋겠습니다.

충청남도교육감 김지철

차례

2부 애정

지금은 글을 배워서 당신한테 처음으로 편지를 씁니다.

3부 미련

젊은 시절이 다시 온다면 좀 더 잘할 수 있을 것 같기도 하다.

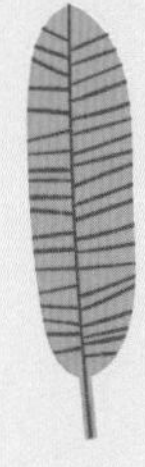

4부 희망

인생은 되돌릴 수 없잖아요. 이제 후회 없이 즐겁게 살 거예요.

1부

그리움

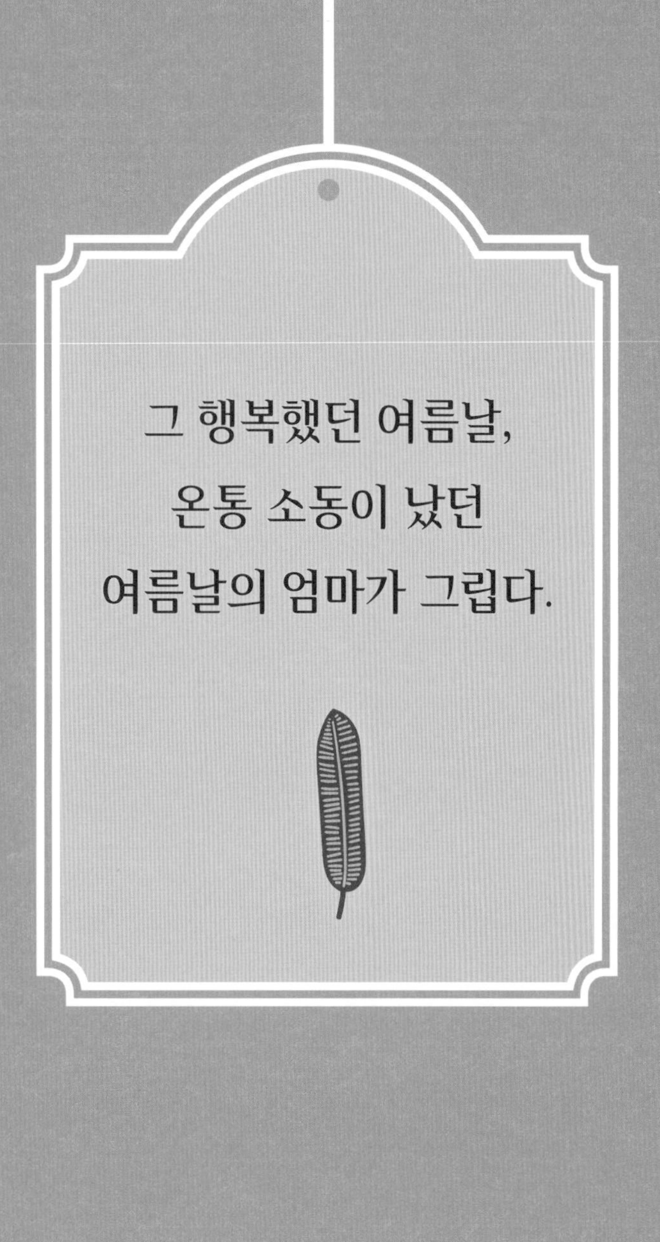
그 행복했던 여름날,
온통 소동이 났던
여름날의 엄마가 그립다.

엄마 마중

류향숙

우리 집은 형편이 어려워서 엄마가 채소를 길러 시장에 내다 팔았다. 남동생 3명이랑 나는 저녁마다 항상 엄마 마중을 나갔다.

한 동네 지나서 논둑을 타고 네 명이 한없이 걷다 보면, 마침내 어둠이 깔리고 저 멀리서 엄마가 터덜터덜 지친 걸음으로 머리에 바구니를 이고 오셨다. 우리는 항상

"와, 엄마다!"

하면서 엄마에게 뛰어가 안겼다.

"뭐 하러 왔어. 집에 있음 엄마가 갈 텐데. 다음에는 집에서 기다려."

하고 말씀하셨지만, 우리는 다음날에도 어김없이 엄마 마중을 나갔다.

엄마는 장에서 십 리 사탕[1]이나 과일을 가끔 사 오셨다. 우리는 사탕을 입에 물고 신나서 쫄랑쫄랑 엄마를 따라 집으로 갔다.

동생들이랑 엄마랑 집에 도착하면 집에 있던 언니가 지어 놓은 꽁보리밥을 온 식구가 모여 오손도손 맛있게 먹었다. 엄마는 밥을 먹으면서 시장에서 있었던 이야기를 들려주셨다. 특별한 반찬도 없었지만 온 가족이 함께 먹는 밥은 정말 맛있었다.

어린 시절이 정말 많이 그립다.

---

1 '돌 사탕'을 뜻하는 아주 딱딱한 사탕이에요. 잘 녹지 않아 10리를 걸어가며 먹을 수 있다고 해서 십 리 사탕이라고도 불러요.

그리움

이연아

부모님 산소에 다녀왔다. 내가 다녀가는 걸 아실까? 두 분이 나란히 계시니 외롭진 않으시려나?

엄마 생각만 해도 가슴이 먹먹하다. 눈물도 난다.

어린 눈에 비친 엄마는 부지런히 무언가를 항상 하셨다.

옛날 우리 집은 부뚜막[2]이 흙으로 되어 있었다. 엄마는 함지박[3]을 들고 밖에 나가 고운 흙을 가져와서 물과 섞어서 쓱싹쓱싹 손으로 흙을 부뚜막에 바르셨다. 그러면 그을려서 까맣던 부뚜막이 반들반들 윤이 났다. 어린 내 눈엔 참 신기했다.

엄마는 유행가 가사처럼 가난하고 모진 세월을 어찌 사

2 아궁이 위에 솥을 걸어 놓을 수 있게 흙과 돌을 섞어 편평하게 부엌 한편에 만들었어요.

3 통나무의 속을 파서 큰 바가지같이 만든 그릇이에요.

셨을까? 잠이 오지 않는 밤엔 더욱 그립다. 육십이 넘은 지금도 엄마가 보고 싶다.

그때 병천이라는 마을에 살았었다. 읍내를 가려면 십오리를 걸어서 다녀와야 했다. 나는 읍내 가는 엄마를 따라가고 싶었다. 아버지는 어린애한테 먼 길이라고 따라가지 못하게 했다. 엄마가 장에 가실 거 같으면 미리 멀리 가서 기다렸다가 아버지 몰래 따라갔다.

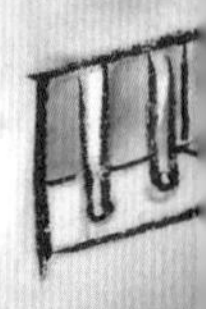

장에 가면 모든 게 다 신기했다. 생선 파는 아줌마, 강아지, 병아리 파는 아저씨. 내 눈엔 다 신기해 보였다. 그리고 엄마가 사 주는 눈깔사탕이 너무너무 맛있었다.

집에 갈 때 올 때 철길을 따라서 걸어왔다. 녹지 말아야 하는 사탕은 입속에서 왜 이렇게 빨리 녹는지. 지금도 엄마와 함께 걸으며 먹던 그 눈깔사탕 맛이 그립다.

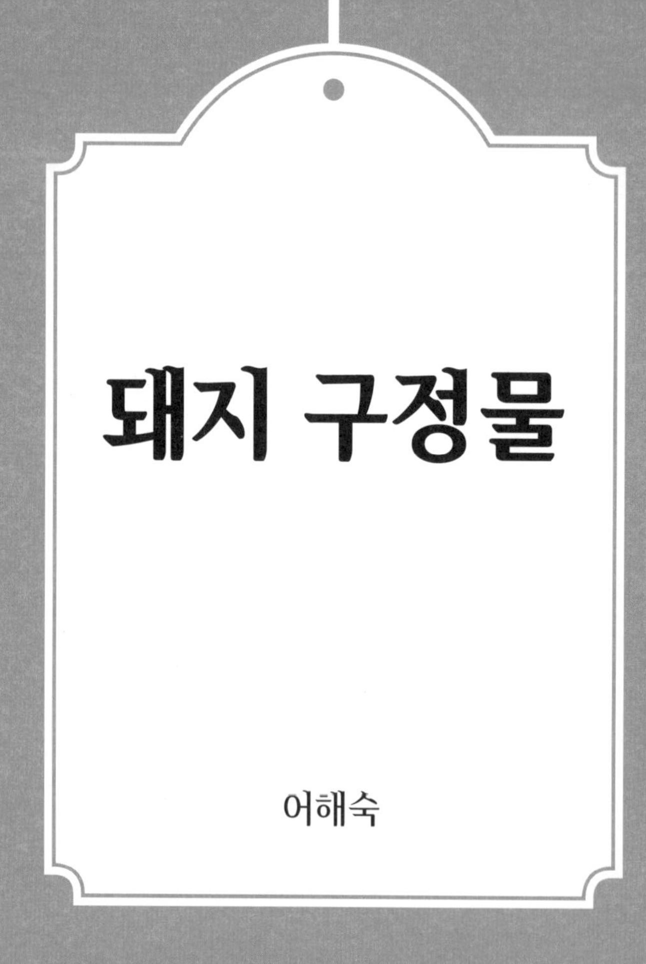

돼지 구정물

어해숙

가끔, 어린 날 엄마와 둘만 알고 있던 비밀이 생각난다.

어느 여름날 방학이었다. 너무나 맑고 좋은 날씨였다. 여름 방학 숙제로 식물 채집을 한다고 뒷산으로 가서 친구들과 무척 재미있게 뛰어놀았다.

앞산, 저쪽 산을 지나 땀을 뻘뻘 흘리며 집에 돌아왔다. 물이 너무 먹고 싶은 갈증을 느꼈다. 엄마는 창문을 열어 놓고 뒷집 아주머니와 이야기를 하고 계셨다.

마루에 보니 숭늉이 보였다. 그 숭늉을 벌컥 한 모금 마시고 깜짝 놀랐다. 물맛은 구수한 숭늉 맛이 아니었다.

"엄마, 물이 왜 이래요?"

하고 물었더니, 뒷집 아주머니와 이야기하시던 엄마가 깜짝 놀라서 오셨다. 엄마는 너무 놀라며, 나를 토하게 하려고 했다. 돼지 구정물까지 먹이고 내 목 안에 손을 넣었다. 놀란 아주머니도 오셨다.

그 시절은 비누가 없어 잿물로 빨래를 하던 시절이었다. 그런데 뒷동산에서 뛰어놀던 내가 와서 이불 빨래를 하려고 잿물을 녹여 놓은 그 물을 마신 것이었다. 정말 죽을 줄 알았다.

온통 난리를 치고 안정을 찾았을 때, 엄마가 나에게 말씀하셨다.

"해숙아. 아버지께 오늘 있었던 일은 비밀로 하자."

우리는 정말 그 일을 비밀로 했다. 다행히 돼지 구정물 덕분에 나는 살 수 있었다. 그 행복했던 여름날, 온통 소동이 났던 여름날의 엄마가 그립다.

이렇게 엄마와 행복했던 날을 가끔 추억한다.

고향에서 보낸 어린 시절

박종임

내가 살던 동네는 조그마하고 아담한 산골이었다.

도랑에서 가재도 잡고, 널따란 바위에 앉아 물에 발을 담그고, 옷을 홀딱 벗고도 부끄러운 줄 모르고 물장구를 치며 참 재미있게 놀았다.

하루는 도랑에서 놀다가 배가 고프던 참에 한 아이가

"저기 먹을 게 있어!"

하면서 달려갔다. 가 보니 누가 물자박[4]에 묵은 총각김치, 배추김치를 씻어서 담가 놓은 게 있었다. 맨 처음 발견한 아이가 맛있게 먹으니, 한 명, 두 명, 같이 놀던 다섯 꼬마가 물자박 앞에 옹기종기 모였었다. 그리고 재잘재

4 '물김치'를 이르는 말이에요.

잘 이야기를 나누며 먹다 정신을 차려 보니 물자박에는 우거지 몇 잎만 둥둥 떠 있었다. 많은 김치를 우리가 다 먹은 것이었다.

우리는 갑자기 겁이 났다. 김치 주인한테 걸리면 혼날 것 같아서 서둘러 옷을 입고 집으로 돌아왔다.

짠 김치를 다 먹었으니 목이 오죽 말랐을까. 집에 오자마자 물을 정신없이 먹고 배가 너무 아파서 누워 있는데, 아랫집 아줌마가 도랑에 갖다 놓은 김치가 없다면서 엄마한테 이야기하는 소리가 들렸다.

엄마가 나한테 조용히 와서

"너희가 먹었지?"

하고 물었지만,

"나는 몰라!"

하며 방에 누워 있었다.

결국 언니가 실토했다. 나는 아픈 배를 꼭 잡고 울먹이며

"아줌마, 잘못했어요. 용서해 주세요."

하니까 괜찮다고, 배탈 안 났느냐고 걱정을 해 주셨다.

얼굴은 백지장같이 질려서 누워 있는데 아버지가 퇴근하고 돌아오셨다. 아픈 몸을 이끌고 간신히 일어나서

"잘 다녀오셨어요?"

하고 인사하고, 다시 누워 있었다.

"종임아, 어디 아프니? 뭘 먹고 배탈이 났어?"

아빠는 걱정하셨다.

"재 우거지김치 먹고 배탈 났어요."

언니가 얘기하니 아버지는 엄마를 타박했다.

"애들 밥 좀 많이 해 먹이지."

아버지가 애들한테 맛있는 것 좀 해 주라고 해서 엄마가 그날 건빵과 누룽지를 해 주셨던 기억이 난다.

그때 부모님을 걱정시키지 말아야겠다고 다짐했던 게 아직도 잊히지 않는다.

온천이 흐르는 마을

황성희

충남 청양군 적곡면 화산리 334번지. 사방이 산으로 둘러싸여 하늘만 빠꼼이[5] 보이는 청양 산골. 그 옛날 광산 동네라고 했던 것 같다.

어렴풋이 생각나는 풍경.

냇가에서 모래 속, 금 고르는 모습. 논두렁 타고 다니며 검정 고무신 속에 우렁이 잡아넣고, 밤이면 호롱불 밑에 온 식구가 둘러앉아 재잘거렸던 모습 등……. 꿈속에서 본 듯한 그 모습들이 아련히 떠오른다.

여섯, 일곱 살쯤이던가. 그곳을 벗어나 넓은 세상 밖으로 이사 나오게 되었다.

---

5 '빠끔히'의 방언이에요. 작은 구멍이나 틈 따위가 깊고 또렷하게 나 있는 모양을 의미해요.

처음으로 도착한 곳은 온양 온천. 그곳에서 얼마 살았는지 기억은 없지만, 그 당시 온양 온천엔 신정관, 탕정관이란 이름을 가진 목욕탕이 있었다. 겨울엔 목욕탕을 끼고 도는 냇가에서 따뜻한 물이 흘러 빨래하기에 좋았고, 봄날엔 목욕탕 근처에 개피떡 장사들이 즐비하게 있어 목욕 온 손님들이 많이 사 먹었다. 어떤 떡 가게는 떡을 멸치 국물과 같이 주는 집도 있었다. 파를 송송 썰어 넣은 멸치 국물 또한 환상의 맛이었다.

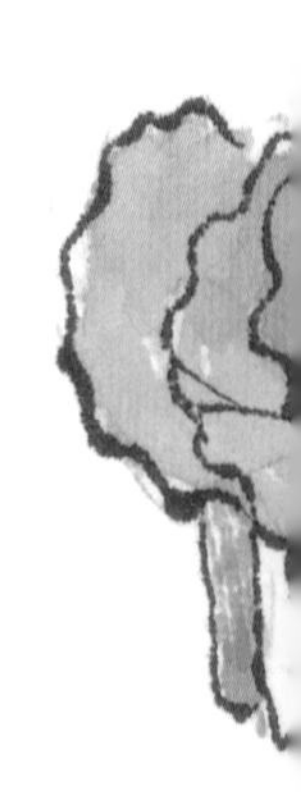

잠깐 그곳에 살다 두 번째 찾아든 곳. 이곳 천안이 제2의 고향이 되었다. 지명이 좋아서인지 왠지 이곳이 마냥 좋기만 하다. 영원히 이곳을 보금자리로 정해 둘 것이다.

내가 살던 산골 마을

황성희

시내에서 꽤 떨어진 시골 동네로 이사를 갔다. 셋방살이로 이사 간 그곳엔 겨울이면 집집마다 윗방에 고구마 퉁구리[6]를 해 놓고 고구마를 잔뜩 넣어 두고 먹었다. 간식이 변변치 않던 시절. 고구마를 쪄도 먹지만, 날것으로 얼마나 많이들 아작거리고 먹었는지 이가 새까맣게 되도록 부숴 먹었다. 하지만 우리 집은 농사치가 없었기에 새까매진 이가 부러웠다.

정월 대보름엔 모두가 어려운 생활이었어도 오곡밥을 푸짐하게 해서 서로 나누어 먹고 어떤 집들은 솥단지 속에 밥 한 그릇씩 훔쳐 가라고 일부러 넣어 두기도 했다. 그래서

6 일정한 크기로 묶거나 동그랗게 포개어 감아 놓은 상태를 말해요.

추운 줄도 모르고 어석어석하게 살얼음이 언 동치미를 퍼다 놓고 훔쳐 온 밥을 둘러앉아 맛있게들 먹었었다.

겨울 방학이면 꼬맹이들이 오락거리가 없으니까 너나 없이 화투 치기를 즐겨 했었다. 나쁜 의도에서 한 것이 아닌 단지 단순한 오락이었다.

긴 겨울 방학이 지나고 개학이 되면 먼 논, 밭, 둑을 걸어 학교 길 오가는 동안 햇볕이 잘 들고 바람이 머무는 양지바른 아늑한 곳에 쪼그리고 앉아 조잘조잘 수다를 떨고 놀며 오갔다.

그땐 그것이 당연한 생활로만 알고 있었다. 어느새 먼 옛날이야기가 되고 말았다.

그리운 친구들

문정인

나는 어릴 때 서울 용산구 갈월동에 살았다.

우리는 6·25 동란 때 이북에서 피난 온 이주민들이었다. 나는 만주에서 왔고, 한정실은 평양에서, 박경희는 황해도에서, 신정순은 아마 충청도에서 왔다.

우리는 한 교회를 다니며 친하게 지냈다. 낮에는 각자 직장에서 일하고 저녁이면 날마다 만나서 얼마나 즐겁게 놀았는지 모른다.

한번은 대한극장에 갔는데 통행금지 시간이 되어 사이렌이 울렸다. 우리는 구두를 벗어 들고 골목길로 뛰었다. 그때 등 뒤에서 부르는 소리가 나서 보니 새파랗게 젊은 군인들이 같이 놀자고 불러 댔다. 휴가를 나온 병아리 군인인 듯했다. 우리는 깜짝 놀라서 도망쳤다.

또 전 해군 본부 뒤의 남산을 자주 갔다. 그땐 남산 타워[7]는 없었지만 올라가서 보면 서울 야경이 다 보였다. 거긴 모기도 없어서 놀기 좋았다. 그땐 그냥 웃고 히히덕거리고[8] 수다만 떨어도 너무 즐거웠다.

여름에는 한강에 가서 수영했다. 한정실이는 수영을 잘해서 한강을 헤엄쳐서 왕복했다. 나는 맥주병이었지만 대신 보트를 잘 저었다. 정실이가 수영하면 뒤를 따라 보트를 저어 갔다.

정실이가 물에 뛰어드는 것을 본 남자들이

"여보세요, 여기 호박이 물에 빠졌어요!"

하며 놀렸다. 정실이가 워낙 체격이 큰 데다 그때 입은 수영복이 하필 노란색이었다. 나와 경희는 얼마나 웃었던가.

---

7 'N 서울 타워'의 전 이름이에요.

8 '히히덕거리고'는 '시시덕거리고'를 표현할 때 종종 사용하기도 하지만, 표준어는 '시시덕거리고'예요.

그때가 그립고 그 친구들이 보고 싶다. 내 친구들, 세상을 떠나간 친구도 있겠지.

사랑해, 친구들아.

언젠가 다시 만날 그날을 기다릴게.

어린 시절

안복순

청주 옥산에서 태어나 자랐다.

내가 어릴 땐 아이들도 일을 많이 했다. 친구들과 같이 우물에서 물을 길어다 한 집씩 돌아가며 두멍[9]에 부어 물을 채웠다. 그러고 나서 저녁에는 밥 서리를 해서 비벼서 둘러앉아 먹고, 친구네 살구를 따서 짚 통가리[10]에다 넣어 두었다가 익으면 먹었다.

옥산장에 가설극장이 들어왔다고 홍보단이 홍보를 하면 저녁때가 오기만 기다렸다. 돈도 없으면서 영화 구경은 하고 싶었다. 극장 근처에서 서성거리고 있으면 동네 오빠들이 포장을 들어 줘서 개구멍으로 기어들어 가 몰래 구경하기도 했다.

9 물을 많이 담아 두고 쓰는 큰 가마나 독이에요.
10 쑥대나 싸리로 새끼를 엮어 땅에 둥글게 만들어 놓고, 그 안에 음식을 보관하는 더미를 말해요.

그땐 목화 농사를 하는 집이 많았다. 목화솜을 바르러 가면 어린 다래[11]를 따서 먹기도 하고 목화솜을 타서 고치를 말아 실을 뽑아 가지고 양말도 짜고 장갑도 떴다. 저녁에는 또래 친구들이랑 등잔불 주변에 둘러앉아 십자수를 놓아 책상보와 양복 덮개도 만들었다.

우리 집은 누에를 쳤는데 뽕잎을 따다 먹이면 누에가 통통하게 자라서 집을 짓고 들어앉아 있다가 고치가 되어 나왔다. 누에고치를 뜨거운 물에 넣어서 삶은 다음 명주실을 뽑아내면 그 속에서 뻰디기[12]가 나오는데 그걸 참 맛있게도 먹었다.

봄이 오면 아버지가 참외를 심어 놓고 원두막을 지었다. 참외가 다 익으면 따서 팔기도 하고 이웃집에 나누어 주기도 했다. 시원한 바람이 부는 원두막에서 주렁주렁 달린 노란 참외를 보며 밥을 먹을 때는 세상 부러울 것이 없었다.

---

11 아직 피지 않은 목화의 열매에요.

12 '번데기'의 방언이에요.

겨울에는 수숫대로 만든 둥우리[13]에 고구마를 넣어 두었다가 물레질[14]을 할 때 꺼내어 가마솥에 쪘다. 솥이 달구어졌을 때 물을 휘두르면 솥뚜껑이 발발 떨다가 멈췄다. 포슬포슬한 고구마를 동치미와 먹으면 한 끼 식사로 충분했다.

---

13 짚으로 바구니와 비슷하게 엮어 만든 그릇이에요. 추녀나 서까래 밑에 매달아 두고 사용했어요.

14 물레를 돌려서 고치나 솜에서 실을 뽑아내는 일이에요.

보릿고개

문원희

나는 아주 산골에서 태어난, 73살 문원희이다. 내가 어렸을 때는 고개고개 중 제일 넘기 힘든 고개는 보릿고개라고 했다.

큰댁의 큰어머니 생신이 음력 6월, 7월쯤으로 보릿고개였다. 생신이 다가오면 큰댁 오빠와 올케가 덜 익은 보리를 베어 가마솥에 찐 다음 널어서 말렸다. 그걸 다시 절구에 찧어서 보리쌀을 만들어 큰어머니 생신날 밥을 지어 우리 식구와 같이 먹던 생각이 난다.

우리 가족은 정말 화목하게 잘 살고 큰아버지 큰어머니는 내가 세상에서 제일 예쁘고 착한 아이라고 하셨다. 그때는 정말인 줄 알았다. 지금 생각해 보면 막내딸이라 그랬던 것 같다.

보릿고개였지만 그때 그 시절이 그립다.

벌써 내가 73살. 세월이 참 빠르다. 내 손주가 대학생, 중학생, 초등학생. 너무 귀엽고 자랑스러운 우리 손자 손녀들.

나는 흐뭇하고 행복하지만, 그래도 그 시절 보릿고개가 그립다.

소꿉친구와 메밀수제비

문원희

나는 아주 시골. 아산시 도고면 석당리 시골 마을에서 육 남매 중 막내딸로 태어났다. 살기 힘든 시절이었지만, 귀염을 받으면서 살았다.

친구네 집에 소꿉놀이하러 잘 놀러 갔었다. 소꿉놀이할 때 친구는 자기가 엄니라고 하면서, 장에 갔다 오겠다 하고 산에서 멍가[15]를 따 와서 장에서 사 온 사과라고 하면서 주었었다. 우린 정말 즐겁게 놀았다.

해가 가는 줄도 모르고 놀고 있으면 친구 엄마가 점심 먹으라고 불렀다. 나가 보면 가마솥에 불을 때어 만든 진잎국[16]에 끓인 메밀수제비, 메밀을 맷돌에 갈아 반죽해서

15 '맹감'의 방언이에요. 맹감은 청미래덩굴의 열매를 말해요.

16 싱싱한 잎이나 절인 푸성귀 잎을 넣고 끓인 죽이에요.

나무 주걱 뒤에 바르고 젓가락으로 떼어서 만든 진잎국 수제비를 주셨다. 정말 맛있게 먹고 놀다 집에 가면 엄니한테 야단을 맞았다.

"때 되면 집에 와서 먹어야지, 왜 그 어렵게 사는 집에서 밥까지 먹고 있니? 미안하게."

지금 생각하면 그땐 참 철이 없었던 것 같다.

친구네는 우리보다 살기가 더 어려워서 친구 아버지가 산에서 나무를 베어다가 지게를 만들어서 장터에 가서 팔았었다. 친구 아버지는 지게 판 돈을 가지고 오다가 주막에서 막걸리를 마시고 취해서 길에 쓰러져 잠드는 날이 많았었다. 그러다 지나가던 쓰리꾼[17]한테 지게 판 돈을 다 털리고 빈손으로 집에 오시곤 했다. 친구 엄니랑 친구의 심각한 모습을 한두 번 본 것이 아니긴 했었다.

옛날에는 친구로 지냈는데 사실 나보다 두 살이나 더 먹어서 지금은 언니라고 부른다. 요즘도 만나면 옛이야

---

17 비표준어로 지금은 '소매치기'로 순화해서 말해요.

기를 하면서 시간 가는 줄 모르고 정답게 잘 지내고 있다.

지금도 생각난다. 친구 엄니가 끓여 주시던 진잎국에 들어 있던 메밀수제비가 먹고 싶다.

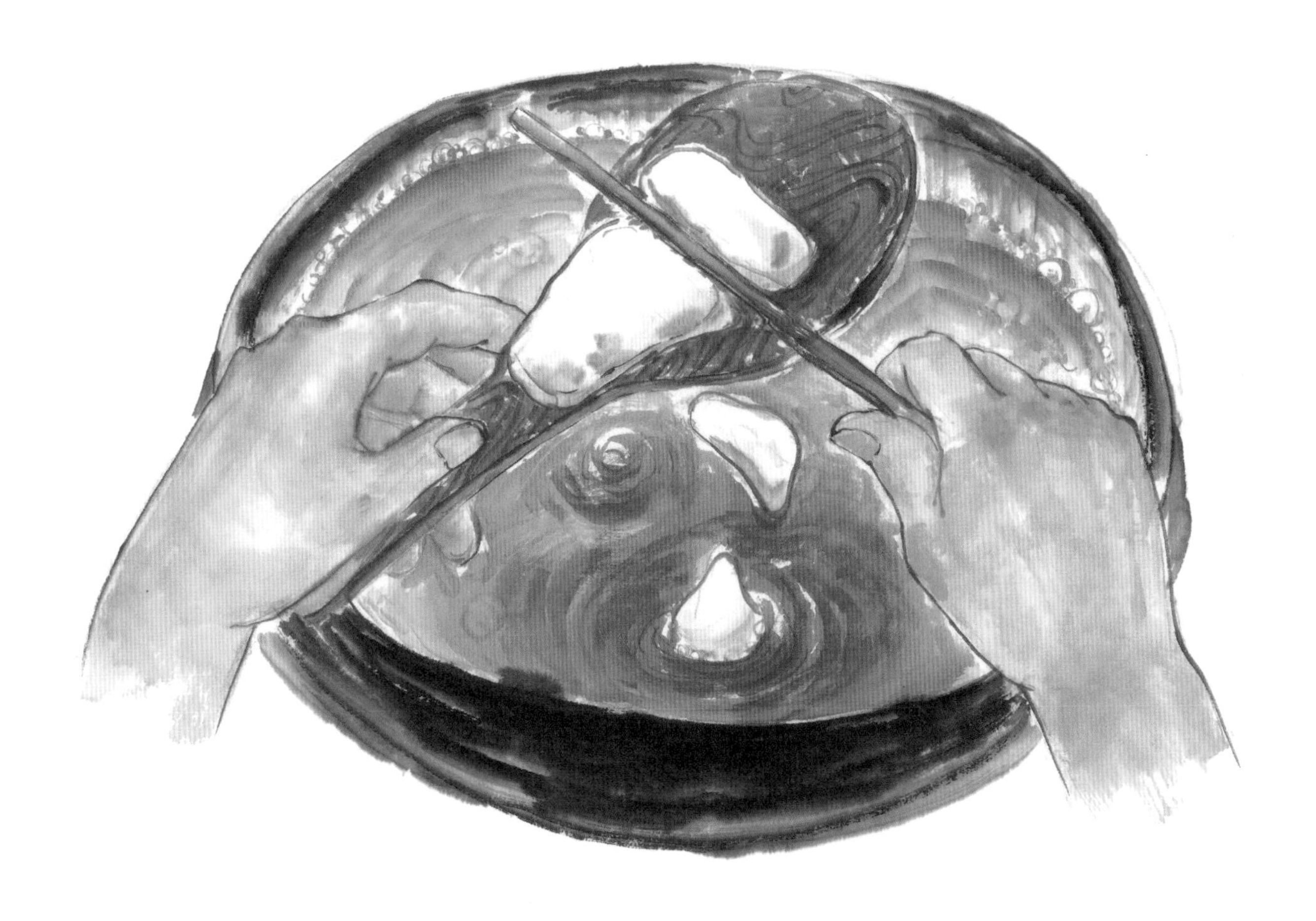

2부

애정

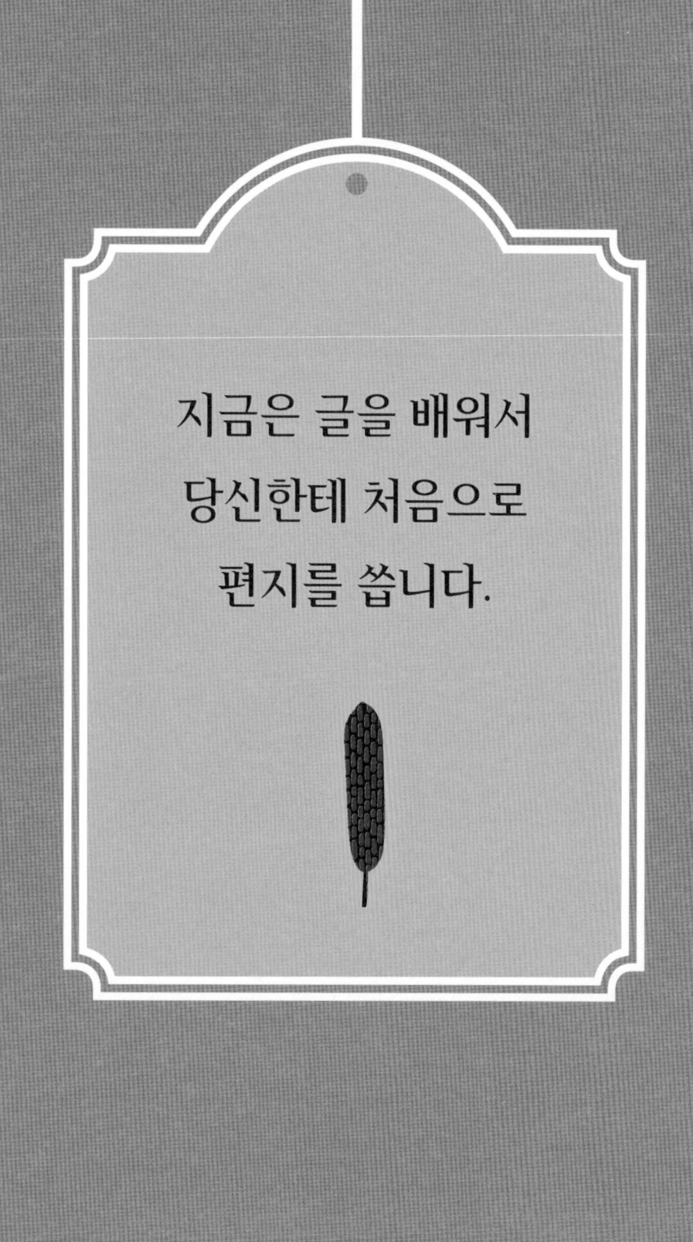
지금은 글을 배워서
당신한테 처음으로
편지를 씁니다.

사랑하는
당신에게

이순자

내가 공부를 하고 싶다고 했더니 당신은 기쁘게 허락했지요. 나는 당장 서울에 있는 학원에 알아보러 올라갔습니다.

그런데 일주일에 5일이나 나와야 한다고 했습니다. 돈도 시간도 너무 많이 들 것 같아서 걱정했는데, 당신은 기꺼이 하라고 했지요. 그 말을 듣고 바로 눈물이 쏟아질 것처럼 감격스러웠습니다. 그래도 5일은 너무 많아서 3일만 가기로 했습니다.

그리고 지금은 글을 배워서 당신한테 처음으로 편지를 씁니다. 지금 내 마음이 얼마나 벅차고 떨리는지 몰라요.

나는 늘 당신에게 고맙고 미안해요. 글도 잘 모르는 나와 결혼해 줘서 고맙습니다. 언제까지나 당신과 행복하게 살고 싶어요.

우리는 천생연분

문원희

남편에게

"여보. 꽃이 예쁜가요, 내가 예쁜가요?"

하고 물어보았더니, 남편 하는 말이

"꽃보다 당신이 훨씬 더 예쁘지요. 왜냐하면 꽃은 잠깐이고 당신은 평생을 예쁜 꽃으로 내 앞에 있잖아요."

그래서 내가

"예쁘게 보아 주어서 고맙습니다. 나도 이 세상에서 당신이 최고야!"

하고 말했지요.

우리는 천생연분, 노원규와 문원희.

사랑한 당신

윤관분

다복한 가정에 태어나 고생과 가난이 무엇인지 모르고, 술만 좋아하는 당신을 만나 마음고생 많이 했지요.

그나마 당신은 자동차 정비 기술이 있어 일할 때는 좋았는데 술 때문에 일하기 싫어해서 서울 살림이 힘들어 아들 둘 데리고 고향 집에 내려왔어요. 부모님 곁에서 1년 살다 친정의 도움을 받아 조그만 점포 하나를 마련하여 자전거 수리를 하며 힘들게 살았지요.

그것도 복이라고 당신이 중병이 들어서 당신은 입으로, 나는 몸으로 그렇게 자전거 수리를 하면서 나름대로 자부심을 갖게 되었어요. 여자가 하기 힘든 일을 배우며 열심히 살다 보니 빚은 조금 냈지만, 큰 집도 짓고 가게도 농기구 센터로 성장했지요.

그런데 어느 추운 겨울날. 13년 투병을 끝내고 당신은 홀연히 내 곁을 떠나 하늘나라로 가고, 당신 떠난 뒤에 나는 슬퍼할 겨를도 없이 난생처음 알루미늄 공장 생활을 시작했어요.

빚도 갚아야죠, 아이들 공부도 시켜야죠. 앞이 캄캄했습니다. 우리 부부가 공부를 못해 고생한 걸 생각하면 아이들은 꼭 공부를 시켜 행복하게 살게 하는 것이 내 목표이자 꿈이었어요. 그게 당신이 내게 주고 떠난 숙제 같았고 어미의 도리 같았기 때문입니다.

직장에서 24시간 맞교대로 근무하여 열심히 노력한 덕에 빚도 다 갚고 아들들 공부시켜서 잘 성장해서 예쁜 아기 낳고 행복하게 잘 살고 있답니다.

당신 소원이 공부였잖아요. 당신이 이루지 못하고 떠난

꿈을 손자, 손녀가 대신 이루었네요. 그 녀석들이 얼마나 공부를 잘하는지 큰손녀가 어린 나이로 연구원이 되는 대학에 입학했어요. 너무 기특해서 노트북을 선물해 주었답니다.

나도 나이 70이 다 되어 충남평생교육원에서 소원이었던 중학 과정 공부를 시작해서 열심히 잘 다니고 있어요. 신명 나는 난타도 배우고 컴퓨터도 배우고 국어, 수학, 영어까지 배워요. 조금 더 젊었을 때 했으면 얼마나 좋았을까 하는 아쉬움도 많지만 지금도 늦지 않았다는 생각이 들어요. 좋은 선생님과 친구, 언니들 만나 요즘은 신바람이 납니다.

여보, 나 당신에게 고백할 게 있어요. 당신 떠나고 22년 만에 새로운 인연을 만나 새 인생을 살게 되었어요.

당신에게 너무 미안하고 할 말이 없네요. 그래도 우리들의 목표이자 꿈이었던 자식들 공부시키기를 훌륭하게 잘 해냈으니 그것으로 나를 용서해 주기 바랍니다. 하늘나라에 가서 당신 만나면 그때 다 이야기해 줄게요. 그때까지 기다려 주세요. 정말 사랑했습니다.

자전거
수리

남편

류향숙

우리 남편은 원래부터 그렇게 재미있는 사람은 아니다. 전부터 나랑 좀 싸우기라도 하면, 걸핏하면

"너희 집에 가!"

라고 했다. 그렇다고 많이 무뚝뚝하지는 않았다. 장난도 잘 치지만 좋은 것이나 나쁜 것이나 뭐든지 물어보면,

"개떡이다!"

라고 해서 내가 슬그머니 물어보았다.

"여보, 내가 예뻐, 꽃이 예뻐?"

했더니 역시나 이렇게 대답했다.

"개떡이다!"

맞선 보던 날

송천숙

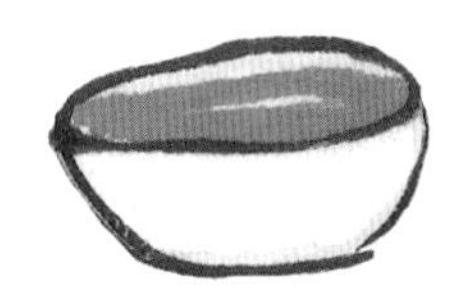

나는 언니 시어머니가 중매했다. 21살 어린 나이에 맞선을 보았다.

옛날에는 대개 다방에서 선을 봤는데, 다방을 가려면 선 볼 남자 집을 지나가야 했다. 그래서 그냥 남자 집으로 가자고 해서 선을 보러 갔다.

그 집에서는 점심을 해 놓았고, 찌개는 동태찌개였는데 무척 맛깔스러워 보였다.

나는 밥을 먹을 때 사레가 잘 걸렸다. 맞선 보는 자리에서도 찌개를 한 숟가락 먹고 그만 사레가 걸렸다. 신붓감이 사레 걸려 쩔쩔매니 신랑감도 안절부절못했다.

그날따라 큰시누 아들 조카가 와 있었는데 조카는 지금도 만나면 그 이야기를 한다.

애먹고 부끄러웠던 어릴 때의 기억이 할머니가 된 지금도 생생하다.

쌍둥이 오 형제

황성희

엮인 인연의 둘레둘레

어루 보살피느라 얼마나 애쓰는지.

짤막하고 몽땅한 형태를 지니고 태어났어도

높은 산 저 넓은 바다만큼의 아량을 지니고

삶의 행로에 앞장서서

끊임없는 보살핌으로 고마움을 느끼게 한다.

아랫마을, 웃마을 오 형제가

건강하고 사이좋게

내 삶이 끝나는 그날까지 옆에 있으리라 믿는다.

젊은 아빠

윤관분

어느 시골에 어머니, 아버지, 막내아들이 살았습니다. 부부는 3남 3녀를 두었는데 다들 장성하여 출가하고 막둥이만 남았습니다. 워낙 늦둥이라서 아들 나이가 그때 20살도 채 안 됐답니다.

그런데 어머님께서 매우 편찮으셔서 막내아들 장가보내고 죽는 게 소원이라고 하셨대요. 그래서 18세 된 아들이 17세 된 색시를 만났대요.

그 이듬해 예쁜 공주가 태어났어요. 그게 바로 저예요.

아버지는 딸을 낳자마자 바로 군대에 가셨답니다. 할아버지, 할머니, 우리 엄마, 예쁜 딸이 정답게 살다 보니 아버지도 시간이 흘러 군대를 제대하고, 동생도 생기고, 저도 무럭무럭 자랐습니다.

할머니가 나를 업고 밖에 나가면 제가 아버지를 보고 좋아했대요. 아직도 한창 젊었던 아버지는 너무 수줍었는지 할머니한테 애를 데리고 나오지 말라고 하셨대요.

어느덧 자라서 저는 초등학교에 갔어요. 가방을 메고 가다가 길에서 아버지 친구들을 만나면 아버지 친구께서

"너희 오빠 집에 있니?"

하며 놀렸습니다. 그러면 저는

"저이는 자기 아버지한테 형이라고 하나 봐."

하면서 말대꾸를 했답니다. 아버지 친구께서는 그게 재미있어서 더 말을 붙이시곤 했지요.

그런 저는 행복한 유년 시절을 잘 보내고 벌써 칠십이 넘은 호호백발이 되었어요.

나의 할아버지

류향숙

어린 시절에는 왜 그리 빨래하는 걸 좋아했던지 할아버지한테 매일 혼났다.

"어이구, 저년! 비누 다 없앤다!"

하시며 그렇게 야단을 치셨다. 그런데 남동생들은 손자라고 얼마나 예뻐하셨는지 모른다.

할아버지는 '청산리 벽계수야' 시조도 잘하시고, 한동네 사람들 돗자리도 잘 매 주셨다. 심심하시면 나오셔서

"우리 손주 업어 줄까?"

하며 남동생들은 잘 업어 주고, 나는 여자가 남동생들하고 싸운다고 긴 담뱃대로 때리기도 하셨다. 그때는

할아버지가 정말 미웠다.

할아버지는 참으로 한량이셨다. 한번 집에서 나가면 열흘에서 20일은 다반사였다고 한다. 엄마는 많던 집안 논을 팔아 밖으로만 다니던 할아버지가 참 미웠다고 했다.

어느 날부터 할아버지가 편찮으셨다. 국민학교[1] 3학년쯤인 것 같았다. 학교 갔다 돌아오니까 집안이 어수선하고 사람이 많았다. 할아버지가 돌아가셨다고 했다. 나는 그냥 덩달아 울었다.

세월이 많이 흘러 노무현 대통령 때 할아버지가 독립운동가였다는 사실이 밝혀졌다. 독립 자금 만드는 16명 중 한 명. 총무였다고 했다. 그 일로 옥고도 치르셨고, 김좌진 장군 밑에서 독립운동을 했다는 것이 나중에 드러났었다. 자식한테 해가 될까 말씀을 하지 않고 돌아가셨단다.

지금 할아버지는 대전 현충원에 모셔져 있다. 훈장도 받으셨다. 현충원에 모시던 날 묘소 앞에서 제를 지냈던

---

1 지금의 '초등학교'를 말해요.

생각이 난다. 할아버지 묘소는 엄청 컸다. 장군들이 묻힌 곳이었다. 그래서 이제는 자랑스럽다.

고양이

문정인

나는 자연을 무척 좋아한다. 그중에 호흡하고 활동하는 동물을 더 사랑하는데, 특히 눈이 반짝이는 동물은 모두 사랑스럽다.

어느 날은 들에 갔더니 고라니가 못 들어오게 망을 쳐 놨는데, 밑에 뭐가 보여서 살펴보니 이제 막 태어난 새끼 고라니가 있었다.

나는 새끼 고라니를 안아 들었다. 아직 털이 촉촉해 막 태어난 것 같았다. 밑에서 부스럭 소리가 나더니 어미 고라니가 나를 쳐다봤다. 망을 헤치고 얼른 어미에게 새끼 고라니를 내어 주고 집으로 왔다.

이른 아침, 아직 이슬도 마르지 않은 시간에 밭에 갔다. 심어 놓은 콩이 잘 자랐는지 보고 풀도 뽑으려고.

아직은 추운 날씨인데, 언덕 위에 새끼 고양이가 엄마를 찾으면서 울고 있었다. 나는 소리쳤다.

"아가, 거기 있으면 너 죽어, 이리 와!"

새끼 고양이는 아랑곳하지 않고 울면서 도망을 갔다. 나는 집에 와서 먹을 것을 접시에 담아 밭 모서리에 두고 왔다.

몇 시간이 지났을까? 집에 와 있으니 언덕에서 울던 새끼 고양이가 우리 집 마당에서 봄이와 놀고 있었다.

언제 여기까지 왔을까? 어미에게 버림을 받고 나를 따라온 것인가?

귀여운 것들. 두 놈 다 엄마가 없다. 봄이 어미는 눈도 못 뜬 아기를 남겨 두고 세상을 떠났었다. 이제 고아가 된 고양이 두 마리를 내가 사랑으로 키우리라.

3부

미련

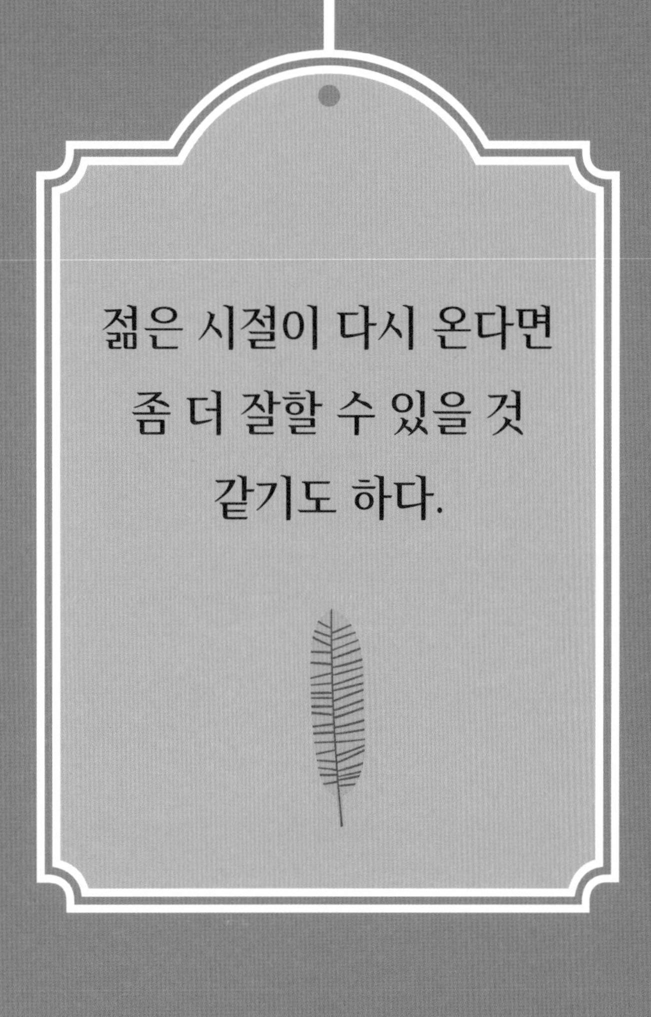
젊은 시절이 다시 온다면
좀 더 잘할 수 있을 것
같기도 하다.

혼자
돌아오던 길

김동순

나는 조그마한 시골 마을에서 태어났어요. 그곳은 산으로 둘러싸여 하늘만 보이는 작은 산골 동네입니다.

우리 집은 그리 잘사는 집은 아니었지만, 그렇다고 아주 못사는 집도 아니었어요. 그 집에서 나는 육 남매 중 셋째로 태어났습니다. 위로 나이 차이가 많이 나는 큰언니와 오빠가 있었고 아래로 여동생과 남동생 둘이 있었지요.

8살이 되자 동네 친구들은 다들 학교에 입학했는데 부모님은 나를 학교에 보내 주지 않았습니다. 집에서 일손을 도와야 한다는 게 이유였습니다. 하지만 나는 학교에 너무 가고 싶어서 아침 일찍 일어나 동네 아이들과 어울려 학교에 갔습니다. 학교에 가려면 20리를 걸어야 했는데 그것도 평평한 길이 아니라 울퉁불퉁한 돌과 아무렇게나 자란 나무가 있는 산길이었습니다.

이제 막 8살이 된 아이가 그 험한 산을 어떻게 탔는지, 지금 생각하면 웃음이 나옵니다.

그저 동네 애들과 노래를 부르고 떠들고 뛰어다니는 게 즐거웠습니다. 가면서 열매도 따 먹고, 뱀을 만나면 쫓아버리고 그렇게 즐겁게 20리를 걸어갔습니다.

하지만 즐거움도 잠시, 학교에 도착하면 아이들은 운동장에서 조회하고 나는 멀리서 구경만 해야 했습니다. 공책과 연필이 든 가방을 멘 친구들이 짝꿍과 떠드는 모습을 홀로 서서 하염없이 바라보기만 했지요. 그래도 조회를 할 때는 나도 운동장에 있을 수 있었지만, 조회가 끝나고 수업 종이 치면 나는 혼자 집으로 돌아가야 했습니다.

아까는 재미있던 길이 돌아갈 때는 왜 이리 힘들고 무섭던지……. 뱀이 나와도 같이 쫓아 줄 사람이 없고 이상한 사람이라도 갑자기 나타날까 봐 가슴을 졸이면서 다시 20리를 걸어야 해 가슴이 막막해서 눈물이 절로 흘렀었습니다.

집에 오면 일 안 하고 어딜 다녀왔느냐고 심하게 꾸중을 들었지만, 다음날도 그다음 날도 왕복 40리 산길을 오갔습니다. 한참이나 그랬던 것 같습니다.

그토록 학교에 가고 싶었지만, 학교에 다닐 수는 없었습니다. 지금도 그때를 생각하면 마음이 아픕니다.

운동회

김동순

내가 다 자란 뒤에 딱 한 번 학교에 갔던 적이 있다. 바로 운동회 날이었다.

동생들의 운동회 날, 나는 도시락을 싸서 학교 운동장에 갔다. 여기저기서 가족들이 모여 돗자리를 깔고 준비한 도시락을 차려 놓고 있었다. 운동장 가운데에서는 학생들이 여러 가지 운동을 하고 있었다. 달리기, 큰 공 굴리기, 줄다리기 등등.

다들 즐거워 보였다. 나도 저 무리에 끼고 싶었다.

도시락을 뭘 챙길지 고민하지 않고, 그저 가족들이 가져온 도시락이 뭘까 궁금해 하고 싶었다. 조회 시간에는 운동장에 서서 교장 선생님의 지루한 연설도 듣고 싶었다. 많이 틀려서 혼나더라도 시험도 보고 싶었다. 수업 시간에 졸다가 걸리고, 옆 짝꿍하고 얘기하다 걸려 혼나도 좋으니, 나도 저기에 있고 싶었다. 아무 걱정 없이 운동장에서 뛰놀고 싶었다.

티 없는 얼굴로 뛰어다니는 아이들을 보면서 나는 가슴이 아팠다. 학교에 와서 운동회를 보는 건 행복했다. 하지만 함께할 수 없다는 게 안타까웠고 괴로웠다.

공부는 언젠가 배울 수 있을 테다. 하지만 또래 친구들이랑 같이 학교에 다니는 추억은 나중에 얻을 수 있을까? 운동회 같은 행사를 나중에 할 수 있을까?

지금이 아니면 할 수 없는 것들. 나중에 한다고 해도 지금 하는 것과는 다를 거라는 생각에 마음이 아팠었다.

이제는 할 수 없다는 것. 아무리 간절하게 바라더라도 결코 이루지 못할 나의 바람.

나의 어린 시절은 그렇게 안타까움이 가득했다.

하고 싶은 일들만 가슴에 차곡차곡 쌓은 채 세월은 지났다. 언젠가는 배움의 열망을 꼭 이루리라는 희망을 안고, 그렇게 난 어린 시절을 보냈다.

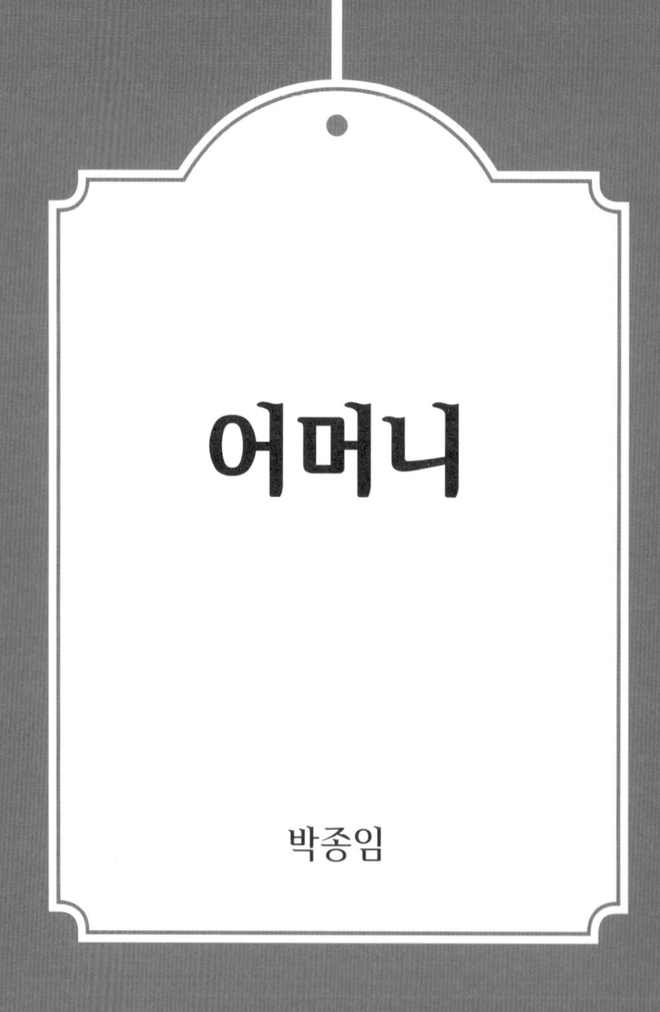

어머니

박종임

“검은 머리 나풀나풀 날리며 허둥지둥 하루에 천 리를 바라보며 살던 날이 엊그제 같은데, 검은 머리 파뿌리 되고 허리는 굽어 땅을 바라보고 있으니 이제 나도 서서히 갈 준비를 하는 것 같다.”

그랬던 어머니 말에 마음이 아팠는데, 이제 내가 그 모양이 되었네요. 머리는 세고 허리도 굽었습니다. ‘세월이 멀리 있는 것 같지만 눈 깜짝할 사이에 오는 것이란다.’ 하시던 어머니 말씀이 딱 맞았습니다.

일하는 틈틈이 주부 대학에 다니며 영어를 한 자, 한 자 쓰시던 모습이 너무 아름답고 신기하면서도

"노인이 무슨 공부야?"

하고 퉁명스럽게 말했었는데, 나도 어머니처럼 이제야 공부를 하면서 어머니 모습이 새삼 생각나요. 어머니는 수천 년 살 줄 알고 청개구리처럼 굴었는데, 잘해 드리지 못한 게 후회가 됩니다.

어머니가 어느 날,

"현주 어멈아, 너희 집에 한 달만 있다 오고 싶구나."

했는데 바빠서 안 된다고 거절을 했었지요.

그리고 두 달 뒤, 외손녀 돌잔치 가려고 준비하다가 어머니가 돌아가셨다는 소식을 받았을 때 어머니 부탁을 거절한 내가 얼마나 미웠는지 같이 죽고만 싶었어요. 울며불며 못난 딸이 용서를 빌며 병원으로 갔더니 어머니는 너무나 편안한 모습으로 눈을 감고 계셔서 그나마 위안이 되었습니다. 어머니 손을 잡고 기도를 올릴 때 '슬퍼하지 말고 천국에서 만나자.' 하는 어머니 목소리가 들리는 것 같았어요.

어머니를 보내 드리고 집으로 돌아와 마음속 어머니 빈 자리가 허전하고 아파서 몇 날을 울었습니다. 어머니가 돌아가시고 나서야, 어머니 사랑은 하늘보다 높고 바다보다 깊다는 말도 실감이 나고 육 남매를 키우느라 온몸이 다 닳도록 고생하셨던 어머니가 불쌍하다는 생각이 들었어요.

어머니. 못난 딸을 용서하시고, 모든 걱정 다 내려놓으시고 하늘나라에서 편안히 잠드세요.

어머니. 고맙습니다. 그리고 사랑합니다.

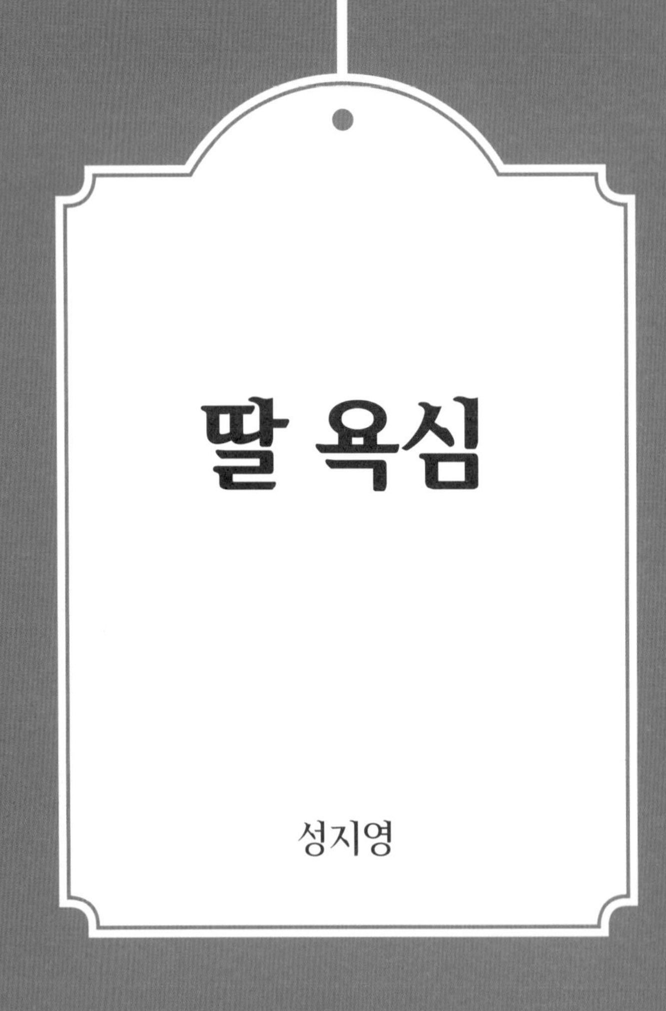

딸 욕심

성지영

저는 결혼 후 아들만 둘을 낳았어요. 여동생이 없이 자라서 늘 딸이 갖고 싶었습니다.

어느 날 신랑에게

"우리도 딸 입양해서 한번 예쁘게 키워 보자."

하고 말했습니다. 저는 정말로 딸이 간절해서 계속 신랑을 졸랐어요.

나는 딸로 태어나서 많이 배우지도 못하고, 하고 싶은 것도 못 해 보고 자란 게 한이라서, 딸을 키우면 공부도 가르치고, 자기가 하고 싶다는 거 하게 해 주면서 잘 키워 보고 싶었어요.

하지만 신랑은 입양해서 아이가 반듯하고 착하게 커 준다는 보상이 있느냐며, 만약에 아이가 나쁘게 크면 그때는 어떻게 하느냐고. 물건이야 쓰다가 싫증이 나면 버릴 수 있지만, 사람은 그렇게 할 수가 없다면서 설득했습니다. 그냥 살다가 며느리 얻으면 딸처럼 해 주면 되지 않느냐며 반대를 해서 결국에는 입양을 못 했어요.

그 덕인지 몰라도 착한 며느리가 와서 지금 잘 살고 있지만, 그래도 딸 가진 친구들을 보면 가끔은 부럽답니다.

GUCCI
CHANEL

만주 이야기

문정인

어린 시절 살았던 만주에서는 지붕을 판자로 했다. 동생과 나는 지붕에 곧잘 올라갔다. 지붕의 새 구멍에는 어린 새들이 잠자고 있어서 그걸 꺼내 손바닥 위에 놓고 놀곤 했다.

여름이면 백두에서부터 내려오는 개천에서 놀았다. 지금 생각하면 넓이가 약 7~8미터 되는 넓은 개천이다. 물이 얼마나 맑고 차가웠는지 아직도 기억난다. 머스마[1], 계집애 할 것 없이 맨날 팬티만 입고 개천에 입수했다. 다 개구리가 되어 헤엄쳤다. 개천 옆 쓰러진 고목에 올라가 돈부링[2]을 했다. 시간 가는 줄 모르고 놀다가 추우면 젖은

1 '사내아이'의 방언이에요.

2 '텀블링'을 발음 그대로 적었어요. 두 손을 땅에 짚고 두 다리를 공중으로 들어 올려서 반대 방향으로 넘는 재주인 '공중제비'와 같은 뜻이에요.

팬티 위에 원피스를 입고 들고 갔던 주전자에 가재를 잡아가지고 집으로 왔던 일이 생각난다.

5학년이 되면 백두산으로 수학여행을 가는데, 백두산 밑에는 용암 때문에 아주 뜨거운 물이 흐르는 개천이 있어서 그 물에 냄비를 올려 밥을 지어 먹는다고 했었다. 나도 가고 싶었는데 내가 5학년이 되기 전에 해방되어서 결국 백두산 수학여행은 가지 못했다.

그랬던 만주. 나의 어린 시절.

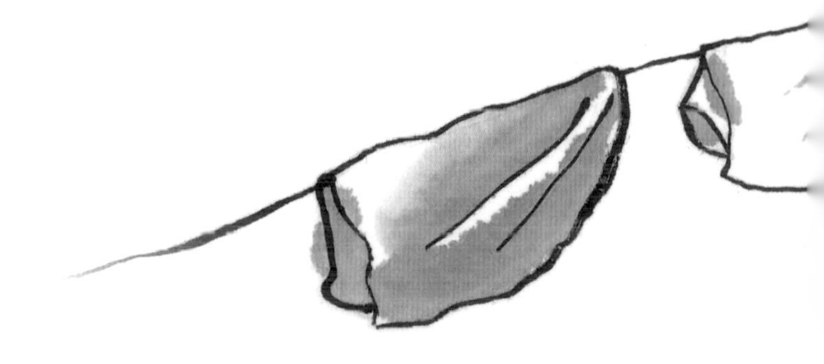

나의 인생

이연아

부모님은 늦은 나이에 나를 낳으셨다. 2남 5녀 중 막내로 태어났다. 가난해서 학교를 못 다녔지만, 불행하다는 생각은 하지 않고 살았다.

그러다 25살에 아버지가 돌아가시고, 나는 결혼에 관심이 전혀 없었지만 엄마는 항상 걱정했었다.

"엄마 없으면 세상에 혼자 남을 텐데……."

엄마 소원이란다. 나 시집가는 게.

그래서 결혼을 했다.

29살에 남매를 낳았다. 딸을 1월 31일에 낳았다.

음력 12월 27일. 남편이 시어머니에게 전화했단다. 아기

낳으러 병원 간다고. 그랬더니 시어머님 하신 말씀이,

"내일모레가 설인데 오늘 아기 낳으면 어찌하냐? 설음식을 누가 만들라고! 오늘 낳지 말고 참았다가 명절 지내고 낳으라 해라."

기가 막혔다.

난 그날 아기를 낳았다. 지금까지도 내겐 너무 사랑스럽고 예쁜 딸…….

그때 시어머니 나이 55세였다.

공부하러 가는 길

이순자

나는 서울로 기차를 타고 공부를 하러 다녔다. 처음 학원에 갔을 때, 나 같은 사람이 많았다.

처음으로 ㄱ, ㄴ, ㄷ을 배웠다.

수업이 끝나면 열차를 타고 천안으로 왔다. 우리 신랑이 역에서 기다리고 있다가 나를 태우고 집에 오면 8시가 되었다.

아이들은 엄마를 기다리고 있었다.

"엄마, 배고파요."

하면 얼른 저녁을 차려 줬다.

아이들이 숙제해야 한다고 하면, 남편이 아이들 숙제를

가르쳐 줬다.

나는 얼른 공부를 배워서 아이들 숙제도 가르쳐 주고 싶었다.

그러나 아이들은 어느새 학교를 졸업했다.

국가 고시

안복순

어느 날 지갑을 보다 주민등록증 뒤에 꽂혀 있는 면허증이 눈에 띄었다. 문득, 면허를 딴다고 공부했던 일이 떠올랐다.

주변에서 운전을 배운다고 하니 나도 해 보고 싶었다. 운전면허 책을 사서 혼자 읽고 공부하고 있었는데, 한 달쯤 지나 아들이 면허 시험을 보러 간다기에 나도 무작정 따라갔다. 남들은 책을 가지고 와서 공부하는데, 나는 빈손으로 가서 그냥 멍하니 앉아 있었다.

시험이 끝나고 발표가 났는데 아들은 붙고 나는 떨어졌다. 남 보기 창피하다고 했더니 아들이,

"어머니, 그 연세에 시작하신 것만 해도 대단한 거예요. 그리고 떨어진 걸 누가 알아요."

라며 위로를 해 주었다.

그러고 나서 바로 운전 학원에 등록했다. 배움이 부족해서인지 문제 풀기가 어려웠다. 글을 봐도 모르겠고 설명도 잘 알아듣지 못했다. 오십이 넘은 나이에 공부하려니 잘 보이지도 않고 받아쓰지도 못하고 정말 힘들었다. 중간에 포기할까도 생각했지만, 이왕 시작한 거 열심히 하면 어떻게든 되겠지 생각하고 정말 열심히 해서 필기 시험에 간신히 붙었다.

실기를 준비하는데 내 체구가 작아서 클러치는 발에 닿지도 않고, 백미러도 잘 보이지 않아서 방석을 등 뒤에 대고 연습을 했다.

한번은 학원을 가려는데 남편이 금초[3]를 도와 달라고 해서 갈퀴질 하다가 벌한테 쏘여 얼굴이 퉁퉁 부었다. 그

---

3 '벌초'의 방언이에요.

얼굴로 학원에 가서 운전 연습을 했는데, 남편이 데리러 와서 부은 얼굴에 땀이 나는 걸 보고 왜 우느냐고 놀리기도 했었다.

얼마 뒤 운전 시험을 보러 간다고 했더니 붙으면 삐삐를 세 번 누르라고 했다.

시험에 붙고도 얼떨떨해서 그냥 집으로 왔다. 집에 와서 이야기하니까 남편과 딸들이 축하해 주었다.

"잘하셨어요! 운전면허는 국가 고시예요."

얼마 있다가 딸들이 엄마한테는 아담한 게 맞는다면서 차를 사 줬다. 주행 연수를 받지 않고 바로 운전을 하려니까 여간 힘들지 않았다.

면사무소까지 몇 번 다녀오다가 조금씩 할 수 있게 되었는데, 외손주를 봐 달라고 해서 아이를 보다 보니까 지금은 오래 지나서 할 수가 없게 되었다. 힘들게 딴 운전면허증인데 매우 아쉽다.

지난날의 판잣집

황성희

60년대 초. 시내 중심가였지만 판잣집들이 꽤 많은 동네였다. 부엌문이라고 하는 건 가마니를 뜯어 길게 늘어뜨린 것이었다. 해가 지고 나면 천장 속에서 쥐들이 우당탕 정신없이 뛰어다녔고, 바람이 세게 부는 봄날이면 귀한 종이로 바른 벽지가 사이사이 바람을 머금고 배가 부울룩하게 부풀어 벽이 두툼하게 일어났다.

먹을 것도 입을 것도 부실했던 그 시절. 그래도 이웃 친구들과는 마냥 즐겁기만 했다. 날이 새면 공기놀이, 사방치기, 고무줄놀이 등 한솥밥 먹고 사는 형제만큼 가깝게 지냈었다.

그렇게 정이 넘치는 동네였는데, 어느 가을날 옆집에 사는 꼬마가 볏짚을 쌓아 둔 곳에서 불장난하다가 볏짚에 불이 붙어 우리 집까지 몽땅 태워 버렸다.

가까이에서 활활 타서 빠알간 집 형태가 앞으로 폭삭 주저앉는 모습이 지금도 눈에 선하게 아른거린다.

일생에 두 번 부딪히면 절대 안 될 일이다.

인생의 뒤안길

류향숙

나는 가는 세월이 너무 아쉽다. 쉴 새 없이 시간이 흘러가서 안타깝다.

인생이 무엇인지 모르고 그저 사니까 사는 것으로 알고 살았는데, 벌써 칠십을 바라본다. 아직 딸도 시집을 보내지 못하고 모아 놓은 돈도 많지 않은데…….

이제 자신감이 없다.

젊을 때는 사막에서도 먹고살 수 있는 용기와 힘이 있었는데, 이리 덧없이 세월이 흘렀다. 젊은 시절 시부모님 모시고 살고, 또 아이들 공부시키고 돌보느라 내 인생은 없었고, 돈도 모으지 못했는데 세월은 덧없이 흘렀다.

이제 인생의 말년이라 생각하니 허무한 마음이 든다. 젊은 시절이 다시 온다면 지금보다 더 잘할 수 있을 것 같기도 하다.

하지만 돌아보면 최선을 다해서 살았다. 남은 인생은 좋은 생각, 서로 돕는 마음, 용서하는 마음, 사랑하는 마음, 봉사하는 마음으로 인생을 마무리할 것이다.

그래서 이 세상 떠날 때 그리 나쁜 사람은 아니었다고. 괜찮은 사람이었다고…….

그저 그런 인생길이길 소망해 본다.

4부

희망

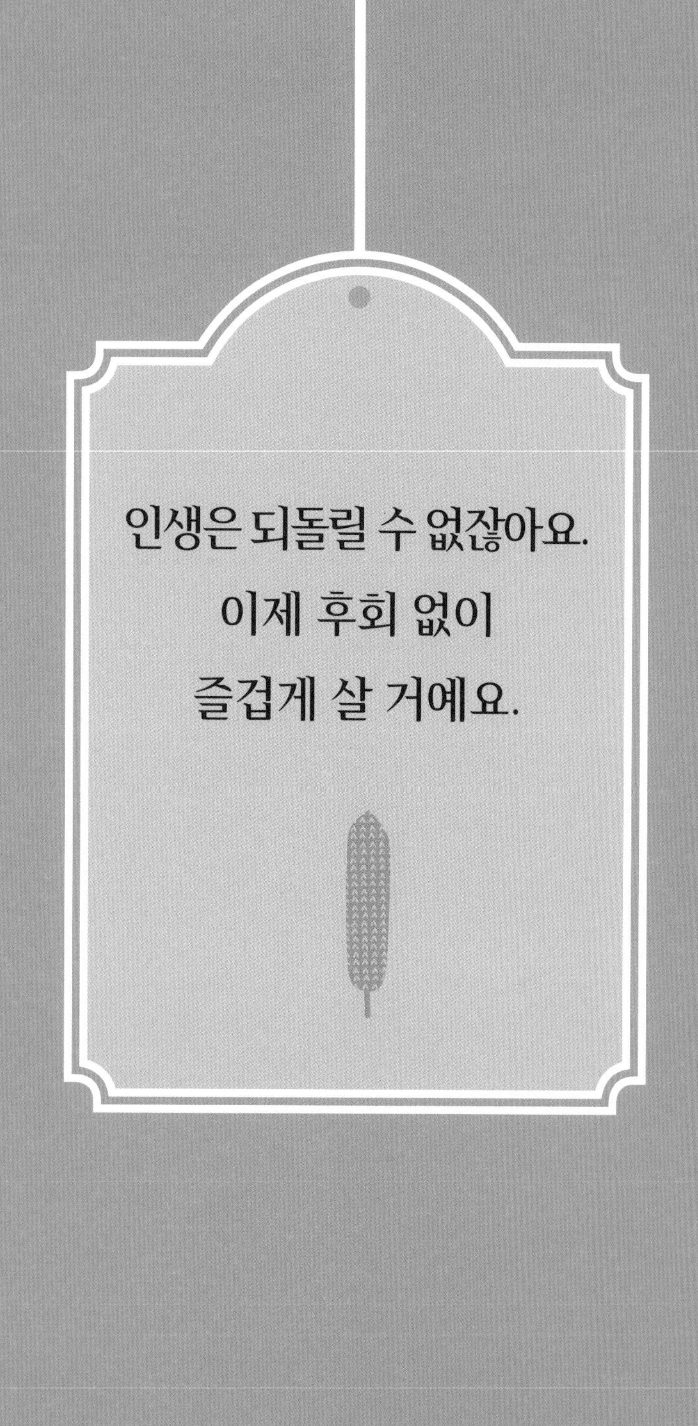
인생은 되돌릴 수 없잖아요.
이제 후회 없이
즐겁게 살 거예요.

나의 꿈

문원희

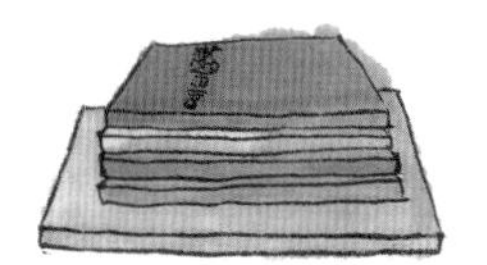

나는 평생 교육이라는 말조차 몰랐다. 그런데 옆집 동생이 평생교육원에 가면 중학교 과정을 배울 수 있다고 해서 망설임 없이 그러자고 하였다. 중학교에 다니고 싶었는데 내 소원이 이루어진 것이다.

제일 배우고 싶었던 것은 영어였다. 이제 거리를 다니면서 내가 알아볼 수 있는 영어 단어를 보면 꿈만 같다.

지금은 영어, 수학, 국어, 컴퓨터에 난타까지 배우고 있다. 국어 선생님이 요즘은 시대가 빨리 변해서 평생을 배워야 한다고 했다. 그리고 우리는 늙고 있는 게 아니고 성장하고 있는 거라고 했다. 우리가 배움의 끈을 놓는 순

간 그때부터 늙는다고 했다. 그 말이 딱 맞는 것 같다.

나는 국어 시간도 좋다. 국어 선생님은 시 노트를 따로 만들어서 시간마다 좋은 시 한 편을 짓게 한다. 그리고 그 아래에 시를 읽고 느꼈던 점이나 생각나는 점, 좋았던 구절과 왜 좋은지 이유를 적는다. 그러면 나는 집에 가서 다시 읽어 보고 생각을 적는다. 그리고 잠이 오지 않는 날은 새벽에 일어나 시 노트를 펼치고 마음속에 떠오르는 생각을 시처럼 적어 본다.

나는 꿈이 있다. 더 열심히 배워서 내 이름이 들어 있는 시집을 내 보는 것이다. 호랑이는 죽어서 가죽을 남기고 사람은 죽어서 이름을 남긴다는데, 내 이름으로 된 시집 한 권을 갖는다면 정말 행복할 것 같다.

그래서 나는 그 꿈을 향해 오늘도 도시락을 싸서 공부하러 간다. 오늘은 날씨도 나를 응원해 주는 것 같이 참 예쁘다.

쇼
역전철물상회
진호떡집
돌
생선
비뇨기과

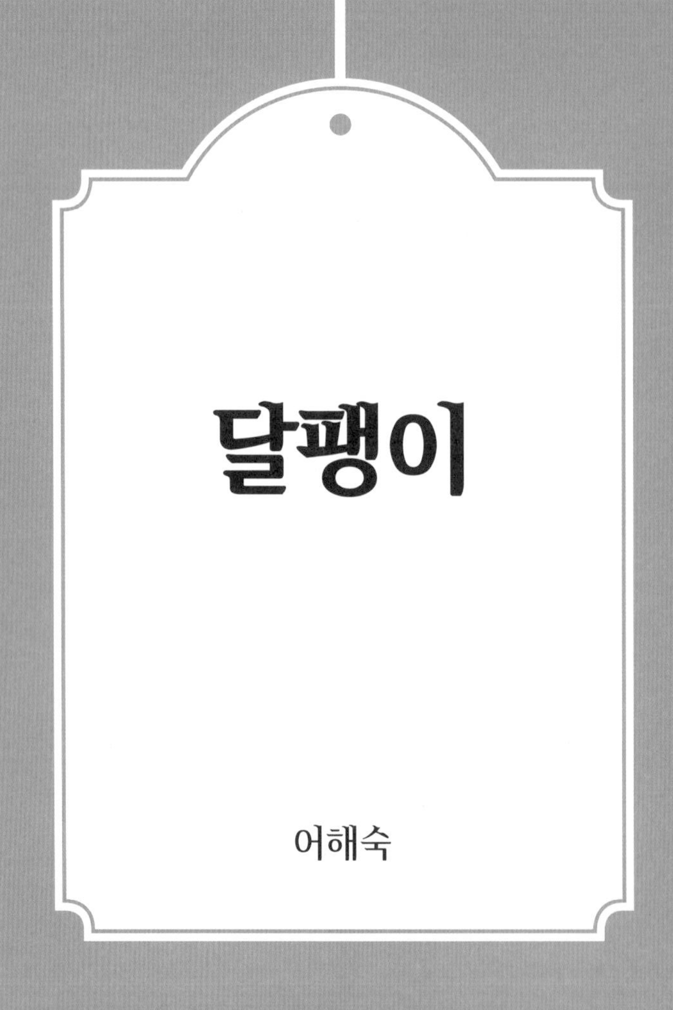

달팽이

어해숙

요즘 나는 달팽이의 욕심을 본받으려고 합니다.

여느 바람 부는 쌀쌀한 봄날, 달팽이 한 마리가 나무를 기어오르고 있었습니다. 부근에 있던 새들은 이상한 행동을 하는 달팽이를 보고 혀를 차며 한마디씩 쏘아붙였습니다.

"이 멍청한 달팽이 녀석아! 도대체 어디로 가는지 알고나 올라가는 거니?"

그러자 옆에 있던 다른 새들도 거들었습니다.

"도대체 그 나무에 왜 올라가니?"

이번에는 또 다른 새가 말했습니다.

“나무에 올라가 봤자, 네가 먹을 건 없어.”

땀을 뻘뻘 흘리며 나무를 기어오르던 달팽이가 대꾸했습니다.

“저 꼭대기에 올라갈 즈음에는 틀림없이 새로운 잎사귀가 나올 거야. 그리고 부드러운 열매도 나올 거야.”

지금 당장은 고되고 힘들어도 미래를 보며 기어오르는 달팽이처럼 살도록 노력하려 합니다. 누가 뭐라고 해도 자신을 믿고 열심히 나무에 기어오르는 달팽이처럼 살려고 노력하렵니다.

저는 이번에 방송통신학교에 들어가는 행운이 있었습니다. 작년에 원서를 넣었는데 떨어졌었지요. 며칠 밤잠을 설치고 걱정하며 준비했는데 실망했지요. 공부를 포기해야 하나 하고 마음을 다독이고 있다가 올해도 혹시나 해서 원서를 한번 내 봤습니다.

발표하는 날 연락이 없었지요. 기다리다가 학교로 전화

를 했더니, 이번에도 불합격이라고 했습니다. 난 실망했어요. 학교에서는 예비 번호 1번이라고 했습니다. 공부하고 싶어서 2년을 원서를 냈는데 떨어졌습니다. 떨어진 이유는 나이가 젊어서라고 했습니다.

마음이 아팠지만 학교는 잊었습니다. 누가 그토록 하고 싶은 공부를 포기하겠는가 생각하며 마음을 접었습니다.

다 잊어버리고 있던 어느 날 아침, 모르는 번호로 전화가 울렸습니다. 안 받으려다가 받았더니 천안중학교라며 다른 분이 포기해서 나의 차례가 되어서 학교에 갈 수 있다며 연락이 왔습니다.

무척 기뻤습니다. 가슴이 두근대며 설레었지요. 입학식에 오라는 그 소식이 기뻤습니다. 다른 것보다도 영어가 배우고 싶었어요. 영어를 잘 모르니까 답답해서 공부하고 싶었거든요.

그런데 학교에 가고 깜짝 놀랐습니다. 나는 막내였어요.

입학식에 가 보니 85세 왕언니도 있었어요. 늦었다고 생각할 때가 가장 빠르다는 것을 마음속에 새겼지요.

"천천히 기어오르는 달팽이처럼 출발!"

이제 진짜 출발입니다.

합격통지서

연애편지

김동순

스무 살 때, 시집가고 싶은 마음이 추호도 없었는데 형부의 중신으로 집에서 결혼을 서둘렀다. 읽을 줄도 쓸 줄도 몰랐던 나는 살림 말고 다른 일에는 자신이 없었다.

남자를 만나는 일도 두려움이 앞서 몇 달을 우기고 버티다가 부끄러워서 남자 얼굴도 제대로 보지도 못한 채, 부모님 뜻대로 약혼했다.

그 뒤로 약혼자에게서 계속 편지가 왔고, 글을 모르는 나는 옆집 친구에게 답장을 대신 써 달라고 부탁할 수밖에 없었다. 우리는 편지를 주고받으며 서로 마음이 가까워져 결혼했고 신접살림은 서울에 차렸다.

어느 날, 남편이 낯선 도시에서 아는 사람 하나 없이 혼자 지내려면 무료하다며 나를 위해 책을 사 왔다. 나는 글을 모른다는 말을 도저히 남편에게 할 수가 없어서 그냥 읽는 척했다. 그 후로 몇 권의 책을 더 사 온 뒤에야 남편에게 내가 글자를 읽을 줄 모른다는 사실을 털어놓았다. 그러자 남편이 책 대신 연필과 공책을 사 와서 그날부터 한글 공부를 시작했으나, 잘 안되었다.

그렇게 애들 키우고 살림하면서 힘들게 사느라 다시 공부는 잊게 되었다. 그러나 살면서 글 모르는 설움이 어찌 없었을까. 친구처럼 지내던 옆집 새댁에게 사기도 당하고 아이들에게도 당당하지 못한 엄마가 되어야 했다.

그런데 지금은 공부하고, 스승이 생기고 학생 친구들과 소풍도 간다. 남들에게는 평범한 일이겠지만 나는 이 모든 것이 꿈만 같다. 육십이 넘어 처음으로 초등학교 국어책을 받고 너무 감격스러워서 가슴에 안고 속으로 많이 울었다. 나에게도 어릴 적 그렇게 불러 보고 싶었던 선생님이 있다는 것이 얼마나 행복했는지 모른다.

글을 모르는 게 마음 한구석에 무거운 돌덩이처럼 자리하고 앉아 평생 죄라도 지은 것처럼 부끄러웠는데, 그런 마음에서 벗어난 것만으로도 좋다.

그동안은 일만 하는 일 박사, 일벌레였지만 더 열심히 공부해서 공부 박사가 될 것이다. 요즘 나에게 일어나는 모든 일이 다 기적 같다.

나는 달라졌습니다

송천숙

나는 아버지 사랑을 모르고 컸다. 엄마가 나를 2월에 낳았고 아버지는 9월에 돌아가셨다. 친구들이 아버지 사랑을 많이 받고 크는 걸 보면 그렇게 부러웠다.

엄마는 살기가 어려워 재혼을 했지만, 살기는 여전히 힘이 들었다. 매일 죽을 먹어야 했고 밥은 잘 못 먹었다.

하루는 학교에 갔다 왔는데 집안 아주머니가 언니를 데려간다고 했다. 나는 죽을 먹기 싫다고 언니 대신 따라가겠다고 나섰다. 그래서 학교는 결국, 2일밖에 못 갔었다. 그땐 어려서 공부가 중요한 줄 몰랐다.

그 후로 너무나 어둡고 캄캄한 세상이었다. 배운 게 없어서 어디를 가든 자신이 없었고, 기가 죽어 떳떳하지도 당당하지도 못했다.

뒤늦게 배움의 길로 들어오면서 많은 변화가 생겼다. 한 가지를 배우고 돌아서면 까맣게 잊어버리고 다시 배우면 또 잊어버리고 잊어버리는 일이 반복이었지만, 자꾸 되풀이하다 보니 남은 게 있었고, 조금씩 조금씩 내 가슴과 머리에 쌓였다.

이제는 어둡고 캄캄하던 얼굴이 많이 밝아졌고, 두렵고 자신 없던 내가 어디를 가든, 누구를 만나든 자신감이 생겼다. 이런 모습에 나도 깜짝깜짝 놀랄 때가 있긴 하다. 그래도 자신감도 생기고 남 앞에 떳떳하고 당당해지니 부족했던 배려심도 생기고 옹졸했던 마음도 넓어졌다.

이런 내 모습을 보면 남편에게 고마운 마음이 절로 생긴다. 묵묵하게 지켜봐 주고 싫은 내색 하나 없이 교육원까지 데려다주고 데리러 와 준다. 아무리 바빠도 공부하러 가라고 하고 모르는 것도 물어보면 친절하게 가르쳐 준다. 골든벨 때는 뒤에서 열심히 응원도 해 주고, 난타 공연할 때는 멀리 홍성까지 와서 박수를 쳐 줬다. 이런 남편이 없었다면 지금의 나도 없었을 것이다. 남편에게 무척 고맙고, 더 좋은 아내가 되어야겠다는 생각이 든다.

내 인생

박종예

신랑은 직업이 없는 백수에 시아버님은 귀가 절벽인, 쓰러져 가는 방 한 칸 흙벽돌집으로 시집을 갔다. 친정어머니가 극성맞은 시어머니보다 가난이 낫다며 그렇게 혼처를 정했었다.

결혼식에 들어온 부조금으로 쌀 한 가마니를 팔아 주고 남편의 두 형님은 서울로 올라갔고, 나는 1년 후에 첫째 아기를 낳았다.

하루 밥 세 끼 먹기도 힘들어 젖이 잘 나오지 않았는데, 우유 사 먹일 돈은 없었다. 제대로 못 먹어서인지 첫째 딸아이는 태어난 지 한 달 만에 세상을 떠났다. 가슴이

미어지게 아파서 아궁이 앞에서 몇 날 며칠을 울었다.

3년 후에 아들을 낳았고, 이 아이만은 잘 키우겠다는 마음에 왼쪽 손을 잘 못 쓰는 부실한 몸으로 악착같이 일했다. 정말 잠시도 쉬지 않았다. 그리고 아들을 또 낳았다.

소원대로 착한 두 아들은 잘 자라서 큰아들은 밥솥 회사 연구실 부장님이 되었고, 작은아들은 전기 기술자로 열심히 살고 있다. 내 힘으로 살림을 일구어, 이제 먹고사는 일은 걱정하지 않는다. 듬직한 두 아들이 자랑스럽다.

그리고 평생교육원을 알게 되어 행복하다. 아픈 게 있어도 억울한 게 있어도 표현하지 못하고 살았는데, 답답했던 마음을 글로 쓰니 속이 뚫리는 것 같다. 그래서 나는 평생교육원 문해 반 국어 시간이 제일 행복하다.

이 나이에 내가 공부를 해서 무엇이 되겠다는 욕심은 없다. 그냥 공부하는 게 행복하고 좋다.

나는 박귀남

박귀남

나는 박귀남이다.

나는 손에 장애가 있어서 어릴 때 상처를 많이 받았다. 학교에 가면 친구들이 놀리고 내 손만 쳐다보는 것 같아서 학교에 가기 싫었다. 엄마 배 속에서 다시 태어난다면 멀쩡하게 태어나고 싶다.

마침 우리 동네에 나랑 나이가 똑같은 영자라는 아이가 있었다. 영자는 자기 외삼촌네 집에 살았다. 그 집 아기를 봐야 해서, 걔도 학교에 다니지 않았다.

동네에 놀 사람이 없었으면 심심해서 학교에 갔을지도 모르겠는데, 마침 영자가 있으니 날마다 영자랑 노느라 학교에 안 가도 하나도 아쉽지 않았다.

그땐 즐거웠지만, 공부를 멀리한 게 지금은 가장 후회가 된다. 지금이라도 열심히 공부해서 남들 앞에 떳떳하게, 어딜 가도 자신 있게, 당당하게 살고 싶다.

즐겁게
살 거예요

강숙녀

나는 70년도에 충청도로 시집을 왔어요. 신랑은 충청도, 나는 경상도. 고향이 다른 두 사람이 만나서 남편과 마음이 맞지 않아 마음고생을 참 많이 했어요.

서울에서 오래 살았지만, 밖으로만 도는 남편 때문에 집에서 혼자 속 끓이는 게 싫어서 천안으로 내려왔어요. 그리고 작은 아파트에서 살면서 뒤늦은 배움의 즐거움에 빠져 정말 행복하게 제2의 인생을 살고 있어요.

예비 중학 과정은 과목도 많아서 이쪽저쪽 다 다니려면 몸도 힘들고, 어떤 때는 과목이랑 선생님도 헷갈려서 다른 책을 가져가는 일도 있어요. 몸은 힘들고 고달프지만,

배우는 일은 좋아요. 글자를 배우고 컴퓨터도 배우고. 얼마 전에는 선생님이 '숨어 있는 돈 찾기'라는 게 있다고 알려 주어서 예전에 들어 놓고 깜빡 잊고 있었던 적금을 찾기도 했지요.

이게 다 열심히 공부한 덕분이에요. 늦게라도 배움의 길로 접어들어서 얼마나 다행인지 모르겠어요. 얼마 전에는 노인 종합 복지관에서 하는 컴퓨터 반에서 부반장이 되었어요. 가슴이 두근두근 떨리고 정말 기쁩니다.

2015년에는 전국 시 쓰기 대회에서 최우수상을 받았어요. 시를 잘 썼다고 방송국 인터뷰도 했지요. 벌써 4년 전이라니, 세월이 참 빨라요.

요즘도 좋은 일이 많아요. 오늘도 평생교육원에 와서 즐겁습니다. 좋은 친구들도 많고 좋은 선생님도 많은데, 공부가 머릿속에 잘 들어가지 않아요. 마음은 급한데 머리가 받아 주지 않네요. 그래도 전보다 훨씬 행복해요.

전에는 밥만 먹고 일만 하면서 살아야 하는 줄 알았습니다. 눈만 뜨면 앞이 깜깜하고 밤낮으로 눈물도 많이 흘리고 마음고생도 많이 했어요. 내 마음 하늘이 알까? 누가 알아줄까? 그런 생각을 했지요.

인생은 되돌릴 수 없잖아요. 이제 후회 없이 즐겁게 살 거예요.

글 작가 소개

강숙녀 김동순 류향숙 문원희

문정인 박귀남 박종예 박종임

성지영 송천숙 안복순 어혜숙

윤관분 이순자 이연아 황성희

강숙녀 (1949년)

고향은 함양인데 서울에 오래 살다가 7년 전에 천안으로 내려왔어요. 모든 과일을 좋아하지만 고기와 채소, 해산물은 싫어해요. 요즘 글을 배우는 삶이 즐겁고 행복해서 앞으로도 열심히 공부할 거예요.

김동순 (1947년)

고향은 청주인데 지금은 천안에 살아요. 평생교육원 문해 교실 중등 과정 반장이에요. 계산과 음식 등 모든 일을 잘하는 일 박사예요. 꽃구경과 여행을 좋아하지만 살림은 평생 많이 해서 그만하고 싶어요. 앞으로는 노랑 조끼를 입고 봉사하러 다니고 싶어요.

류향숙 (1951년)

고향은 홍성이고 지금은 천안에 살아요. 건강과 다큐멘터리 프로그램을 즐겨 보고 매사에 계산이 정확한 것을 좋아해요. 그래서 남에게 피해를 주지 않고 양심을 지키며 살고 싶어요. 또 전국의 섬과 세계의 아름다운 곳을 모두 여행하고 이 내용으로 자서전을 쓰고 싶어요.

문원희 (1947년)

아산에서 태어나 지금도 아산에 살고 있어요. 음식을 먹는 것도 좋아하고 다른 사람에게 음식을 해 주는 것도 좋아해요. 특히 잡채와 게 찌개를 좋아해요. 지르박과 막춤을 잘 추는 멋쟁이 할머니이고 살아생전에 시집을 내고 싶어서 열심히 시를 쓰는 문학 할머니예요.

문정인 (1935년)

군포에서 태어나 지금은 천안에 살아요. 눈이 반짝이는 동물과 음악을 좋아해요. 음악을 자주 듣고 노래를 잘 불러요. 남은 인생도 노래처럼 신나게 살아서, 세상을 떠날 때 제 삶이 다른 사람을 전도했으면 좋겠어요.

박귀남 (1956년)

남원에서 태어나 지금은 천안에 살아요. 싫어하는 것은 국물 없는 음식이고, 좋아하는 것은 공부예요. 또 다른 사람들과 이야기를 나누고 음식을 나누는 것을 아주 좋아해요. 앞으로 좋은 사람들과 여행을 많이 다니고 싶어요.

박종예 (1953년)

화요일부터 금요일까지 평생교육원에서 공부하고 끝나면 밭에서 푸성귀를 가꿔요. 열심히 키운 채소를 보면, 식구들의 양식이라는 생각에 마음속이 기쁨으로 가득해요. 어느새 나이가 들어서 배운 내용이 머릿속에 잘 들어오지 않아 속상하지만 포기하지 않을 거예요.

박종임 (1950년)

천안에서 태어나 지금도 천안에 살아요. 여행과 꽃을 좋아해서, 제 꿈은 배낭을 메고 여행을 떠나는 거예요. 그리고 남편과 시어머니가 입이 마르도록 칭찬할 만큼 요리를 잘해요. 요리와 여행을 하면서 아프지 않고 건강하게 살고 싶어요.

성지영 (1951년)

천안이 고향이고 지금도 천안에 살아요. 꽃을 사랑하지만, 개와 고양이같이 움직이는 동물은 별로 좋아하지 않아요. 죽기 전에 해 보고 싶은 것은 전국에 있는 유명한 곳에 가 보는 거예요. 방방곡곡 다니며 모두 구경하고 싶어요.

송천숙 (1956년)

천안에서 태어나 지금은 천안에서 멜론 농사를 짓고 있어요. 세상에서 제일 맛있는 멜론을 키워요. 음식은 고기랑 채소를 좋아하고 가수는 김용림을 좋아해요. 앞으로 공부를 열심히 해서, 마음속에 웅크리고 있는 것들을 마음껏 표현하며 살고 싶어요.

안복순 (1944년)

청주에서 태어났는데 지금은 천안에 살아요. 우리 아들과 딸을 세상에서 제일 좋아해요. 평생 일을 너무 많이 해서 일하는 것을 싫어하고 운전을 별로 하시 못한 것이 아쉬워요. 앞으로의 꿈은 여행을 많이 다니는 거예요.

어해숙 (1958년)

천안에서 태어나, 천안에서 살고 있어요. 음악을 듣고 산에 가는 것을 좋아하지만 뱀은 무섭고 싫어요. 요리를 잘하고 다른 사람의 이야기를 잘 들어 줘요. 그래서 공감 능력이 좋다는 말을 많이 듣지요.

윤관분 (1949년)

천안이 고향이고 지금도 천안에 살아요. 우리 손주들을 가장 좋아하지만, 밥 짓는 것은 싫어해요. 글과 그림에 뛰어나고 성격이 호탕하다는 장점이 있어요. 잘 웃고 목소리 좋다는 말도 많이 들어요. 앞으로 봉사 활동과 여행을 많이 하고 싶어요.

이순자 (1958년)

천안에서 태어나 지금도 천안에 살고 있어요. 여행하는 것을 좋아하고 험담하는 것을 싫어해요. 주변에서는 꼼꼼하고 집안일을 잘 챙겨서 살림 박사라고도 부르고 옷을 잘 입어서 멋쟁이라고도 불러요. 그리고 죽기 전에 꼭 해 보고 싶은 일은 선생님이 되는 거예요.

이연아 (1958년)

고향은 논산이고, 지금은 천안에 살아요. 꽃구경을 좋아하고, 조용필 노래를 좋아해요. 하지만 기어 다니는 벌레는 모두 싫고 무서워요. 요가와 라인 댄스에 소질이 있고 열심히 배워서 중학교, 고등학교, 대학교까지 졸업하는 게 꿈이에요.

황성희 (1949년)

청양에서 태어났지만, 지금은 천안에 살아요. 싫어하는 것은 꾸물거리는 벌레이고, 좋아하는 것은 아삭하고 시원한 생김치예요. 그리고 죽기 전에 꼭 캠핑카를 타고 멀리 여행을 떠나고 싶어요.

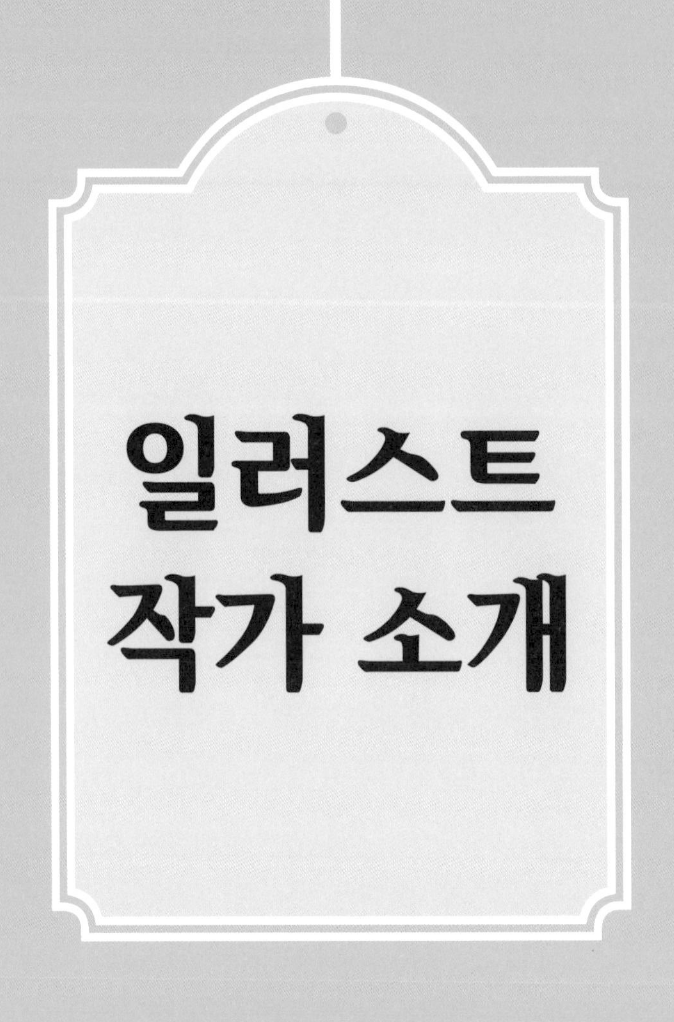

일러스트 작가 소개

이 책의 일러스트는 충남예술고등학교 미술과 한국화 전공 학생들이 재능 기부를 했습니다.

강민구 김나연 김도연

김동영 김시운 김예원

문서은 백소윤 복유진

안유빈 윤소원 윤정인

이나경 이민준 이세희

최다빈 한채원 홍미림

강민구 (2002년)

걱정도 있었지만, 설레는 마음으로 누군가의 이야기를 그림으로 그려 보았습니다. 다 끝난 지금은 할머니의 젊은 시절의 옷과 집의 모습, 음식 등의 자료를 더 찾아보고 그릴 걸 하는 아쉬움도 남습니다.

김나연 (2002년)

제 일러스트가 그림책으로 나와서 많은 사람이 읽을 생각을 하면 행복합니다. 할머니께서는 어떤 기분으로 과거의 추억을 쓰셨을까요? 제가 할머니의 이야기에 빠져들었던 것처럼 추억의 기쁨을 읽는 분들도 느끼셨으면 좋겠습니다.

김도연 (2003년)

그림책을 좋아하는 저의 꿈은 일러스트 작가인데 이 책을 통해 꿈을 미리 체험해 볼 수 있어서 좋았습니다. 할머니 작가님들의 이야기를 들으며 그림을 그리는 것은 즐거운 경험이었습니다.

✿ 김동영 (2003년)

그림책을 만들면서 할머니의 즐거웠던 추억을 듣고, 할머니의 과거를 읽고 상상해서 그릴 수 있어서 행복했습니다. 이번 그림을 그리는 경험은 뜻깊고 좋아서 기억에 많이 남을 것 같습니다.

✿ 김시운 (2002년)

처음에는 경험해 보지 못한 시절의 이야기라 이해가 어려웠지만, 외할머니와 대화를 나누면서 글의 내용과 그 시절의 정서를 파악해서 그림을 완성했습니다. 책임감을 느끼고 그림을 구상하고 표현하는 경험을 할 수 있어서 너무 감사했습니다.

✿ 김예원 (2003년)

미술과 이야기를 접목하는 데 관심이 많습니다. 그중에서도 특히 동화 일러스트에 관심이 많았는데 이번 기회에 존경하는 작가님과 함께 할머님들의 뜻깊은 이야기를 직접 그릴 수 있어 영광입니다.

문서은 (2003년)

학교생활 내내 불평불만을 늘어놓고 무의미하게 시간을 보내면서 낭비했습니다. 그런데 매일 최선을 다해 하고 싶은 일을 하면서 하루를 보낸다는 할머니의 글을 읽고 스스로 부끄러웠고 본받고 싶었습니다.

백소윤 (2003년)

할머니의 글은 우리가 알 수 없는 옛날이야기였습니다. 그 당시의 옷과 풍경 등이 상상하기 어려워서 비슷하게 재현하려고 자료를 찾아봤습니다. 우리가 할머니의 삶을 이해하지 못해서 세대 차이가 나는 것은 아닐까 하는 생각이 들었습니다. 너무 재미있는 작업이라 다음에도 또 하고 싶습니다.

복유진 (2002년)

평소 그림책 일러스트 작업을 해 보고 싶었습니다. 그래서 삽화를 그린다는 소식을 듣고 환호했습니다. 할머니들이 직접 쓰신 이야기는 좋은 이야기였고, 이런 이야기의 삽화를 그릴 수 있어서 영광이었습니다. 이번 일은 저에게 무엇보다도 값지고 특별한 경험이었습니다.

안유빈 (2003년)

한국화의 웅장함과 깊음에 매료되어 한국화의 꿈을 키우고 있습니다. 할머니의 글을 읽으면서 어린 시절이나 자라온 환경이 머릿속에 쉽게 그려지지 않아 부모님께 많이 여쭤보았습니다. 더불어 '부모님께 늦기 전에 잘하자.' 하는 말도 떠올랐습니다.

윤소원 (2002년)

할머니께서 쓴 글을 낭독하실 때 아물지 않은 지난 시절의 아픔이 느껴져 눈물을 참을 수 없었습니다. 지금은 당연하게 가는 학교가 할머니는 간절한 꿈이었다는 것에 마음이 무거워 쉽게 붓을 들 수 없었지만, 할머니의 감정을 헤아려 이미지에 맞는 그림을 그리려고 노력했습니다.

윤정인 (2003년)

훗날 그림책 작가가 되어 좋은 책을 만들고 싶습니다. 할머니의 진심이 담긴 이야기와 제 노력이 담긴 삽화가 이 책을 읽는 분들에게 깊은 감동을 전했으면 좋겠습니다.

이나경 (2003년)

충남예술고등학교에서 한국화를 배우고 있습니다. 그림 봉사를 통해 할머니 작가님의 이야기에 들어갈 그림을 그리는 것에 설레었고 책에 제가 그린 그림이 들어간다는 것이 좋았습니다.

이민준 (2003년)

그림을 그리면서 할머니의 과거 모습에 가슴이 아렸지만, 지금은 행복하시다는 말씀에 저절로 입가에 미소가 생겼습니다. 몇 달이라는 짧은 시간이 아쉬울 만큼 뜻깊었던 경험이었고, 할머니께서 항상 행복하셨으면 좋겠습니다.

이세희 (2002년)

처음 해 보는 작업이 어려웠지만, 할머니께서 제 손을 잡고 좋아하셨던 모습이 떠올라 끝까지 열심히 그렸습니다. 제가 잘 그리지는 못했지만, 열심히 그렸으니 예쁘게 봐 주세요. 할머니께서 지금처럼 밝은 모습으로 건강히 지내시길 바랍니다.

최다빈 (2002년)

할머니께서 이야기를 처음 들려주셨던 날, 이야기는 감동적이었고 잘 부탁한다는 할머니의 말씀은 정말 따뜻했습니다. 할머니께서 그때 그 시절을 추억할 수 있는 그림이 되었으면 좋겠습니다.

한채원 (2002년)

들뜬 마음으로 그림을 그렸습니다. 할머니의 청소년 시절을 직접 보지는 못했지만, 할머니께 직접 이야기를 듣고 글을 읽으면서 할머니들의 마음을 느낄 수 있었어요. 이야기에 어울리도록 열심히 그렸으니 예쁘게 봐 주세요. 이 활동으로 저도 한 뼘 더 성장할 수 있었습니다.

홍미림 (2002년)

할머니들과 처음 만날 날 양손에 피자를 들고 오셔서 먹고 그리라는 말씀에 저를 키워 주신 우리 할머니가 생각났습니다. 그 때문인지 어릴 때 못다 이룬 공부를 하시는 할머니들이 존경스러웠고, 또 얼마나 속상하셨을지 깊이 생각하게 됐습니다. 그래서 더 많은 고민을 하고 그림을 그렸고, 어디서도 경험 못할 이 작업은 제게도 뜻깊고 소중한 시간이었습니다.

오늘이 내 인생의 봄날입니다

초판 1쇄 인쇄 2020년 6월 15일
초판 1쇄 발행 2020년 6월 26일

지은이 16명의 우리 할머니
기획 충청남도교육청평생교육원
펴낸이 김선식

경영총괄 김은영
사업총괄 김상윤
교육개발팀 신정화, 차다운, 박슬기
교육사업팀 김길한, 송무성
경영관리본부 허대우, 하미선, 박상민, 김형준, 윤이경, 권송이, 김재경, 최완규, 이우철
외부스태프 진행 신효정, 윤은주, 조혜란, 사진 신영윤, 표지 일러스트 유경민

펴낸곳 (주)다산북스
출판등록 2005년 12월 23일 제313-2005-00277호
주소 경기도 파주시 회동길 357 2층
전화 02-702-1724
팩스 02-703-2219
이메일 dasanbooks@dasanbooks.com
홈페이지 www.dasanbooks.com
블로그 blog.naver.com/dasan_books

ISBN 979-11-306-3010-6 (03810)

- 이 도서의 국립중앙도서관 출판예정도서목록(CIP)은 서지정보유통지원시스템 홈페이지(http://seoji.nl.go.kr)와 국가자료공동목록시스템(http://www.nl.go.kr/kolisnet)에서 이용하실 수 있습니다.(CIP제어번호: CIP2020022249)